# 君子如玉亦如铁

朱自清 等 著

哈尔滨出版社
HARBIN PUBLISHING HOUSE

图书在版编目（CIP）数据

君子如玉亦如铁 / 朱自清等著 . —哈尔滨：哈尔滨出版社，2020.12
ISBN 978-7-5484-4978-2

Ⅰ . ①君… Ⅱ . ①朱… Ⅲ . ①散文集－中国 Ⅳ . ①I126

中国版本图书馆CIP数据核字（2020）第180101号

书　　名：**君子如玉亦如铁**
　　　　　JUNZI RU YU YI RU TIE

作　　者：朱自清　等 著
责任编辑：赵　芳
责任审校：李　战
装帧设计：末末美书

出版发行：哈尔滨出版社（Harbin Publishing House）
社　　址：哈尔滨市松北区世坤路738号9号楼　邮编：150028
经　　销：全国新华书店
印　　刷：天津中印联印务有限公司
网　　址：www.hrbcbs.com　　www.mifengniao.com
E－mail：hrbcbs@yeah.net
编辑版权热线：（0451）87900271　87900272
销售热线：（0451）87900202　87900203

开　　本：880mm×1230mm　1/32　印张：8　字数：140千字
版　　次：2020年12月第1版
印　　次：2020年12月第1次印刷
书　　号：ISBN 978-7-5484-4978-2
定　　价：42.00元

凡购本社图书发现印装错误，请与本社印制部联系调换。
服务热线：（0451）87900278

本书部分文字作品稿酬已委托中国文字著作权协会转付，敬请相关著作权人联系。
电话：010-65978917，传真：010-65978926，E－mail：wenzhuxie@126.com。

# 目 录 Contents

## 第一章
## 君子抱仁义，不惧天地倾

人间的正义是在哪里呢？
正义是在我们的心里！
从明哲的教训和见闻的意义中，
我们不是得着大批的正义么？
但白白的搁在心里，
谁也不去取用，却至少是可惜的事。

003　正义 / 朱自清

008　生命的价格——七毛钱 / 朱自清

013　论睁了眼看 / 鲁迅

019　救火夫 / 梁遇春

030　黑暗 / 梁遇春

## 第二章
## 非学无以广才，非志无以成学

愿中国青年都摆脱冷气，
只是向上走，不必听自暴自弃者流的话。
能做事的做事，能发声的发声。
有一分热，发一分光，
就令萤火一般，
也可以在黑暗里发一点光，不必等候炬火。
此后如竟没有炬火：我便是唯一的光。

039　出了象牙之塔 / 梁实秋

043　少年中国之精神 / 胡适

050　学生与社会 / 胡适

058　爱国运动与求学 / 胡适

066　热风・随感录四十一 / 鲁迅

069　做文与做人 / 林语堂

082　论读书 / 林语堂

第三章

## 一身忧国心，千古敢言气

我们从古以来，
就有埋头苦干的人，有拼命硬干的人，
有为民请命的人，有舍身求法的人，……
虽是等于为帝王将相作家谱的所谓"正史"，
也往往掩不住他们的光耀，
这就是中国的脊梁。

097　中国人失掉自信力了吗 / 鲁迅

100　灯下漫笔 / 鲁迅

110　中国的国民性 / 林语堂

119　一点感想 / 巴金

122　给山川均先生 / 巴金

135　义愤 / 梁实秋

138　信心与反省 / 胡适

147　再论信心与反省 / 胡适

第四章
## 宁可枝头抱香死,何曾吹落北风中

青年代的知识分子却不如此,
他们无视传统的气节,特别是那种消极的节,
替代的是正义感,接着正义感的是行动,
其实正义感是合并了气和节,行动还是气。
这是他们的新的做人的尺度。

159　论气节 /朱自清

166　论吃饭 /朱自清

173　论书生的酸气 /朱自清

185　我之节烈观 /鲁迅

197　航船中的文明 /朱自清

201　憎 /朱自清

207　白种人——上帝的骄子! /朱自清

第五章
## 君子量不极，胸吞百川流

我现在常常想我们还得戒律自己：
我们若想别人容忍谅解我们的见解，
我们必须先养成
能够容忍谅解别人的见解的度量。
至少我们应该戒约自己
决不可"以吾辈所主张者为绝对之是"。

215　容忍与自由 / 胡适

223　非个人主义的新生活 / 胡适

236　论自己 / 朱自清

241　论做作 / 朱自清

第一章
## 君子抱仁义，不惧天地倾

人间的正义是在哪里呢？
正义是在我们的心里！
从明哲的教训和见闻的意义中，
我们不是得着大批的正义么？
但白白的搁在心里，
谁也不去取用，却至少是可惜的事。

第一章
君子抱仁义，不惧天地倾

## 正义 / 朱自清

人间的正义是在哪里呢？

正义是在我们的心里！从明哲的教训和见闻的意义中，我们不是得着大批的正义么？但白白的搁在心里，谁也不去取用，却至少是可惜的事。两石白米堆在屋里，总要吃它干净，两箱衣服堆在屋里，总要轮流穿换，一大堆正义却扔在一旁，满不理会，我们真大方，真舍得！看来正义这东西也真贱，竟抵不上白米的一个尖儿，衣服的一个扣儿。——爽性用它不着，倒也罢了，谁都又装出一副发急的样子，张张皇皇的寻觅着。这个葫芦里卖的什么药？我的聪明的同伴呀，我真想不通了！

我不曾见过正义的面，只见过它的弯曲的影儿——在"自我"

的唇边，在"威权"的面前，在"他人"的背后。

正义可以做幌子，一个漂亮的幌子，所以谁都愿意念着它的名字。"我是正经人，我要做正经事"，谁都向他的同伴这样隐隐的自诩着。但是除了用以"自诩"之外，正义对于他还有什么作用呢？他独自一个时，在生人中间时，早忘了它的名字，而去创造"自己的正义"了！他所给予正义的，只是让它的影儿在他的唇边闪烁一番而已。但是，这毕竟不算十分孤负正义，比那凭着正义的名字以行罪恶的，还胜一筹。可怕的正是这种假名行恶的人。他嘴里唱着正义的名字，手里却满满的握着罪恶；他将这些罪恶送给社会，粘上金碧辉煌的正义的签条送了去。社会凭着他所唱的名字和所粘的签条，欣然受了这份礼；就是明知道是罪恶，也还是欣然受了这份礼！易卜生"社会栋梁"一出戏，就是这种情形。这种人的唇边，虽更频繁的闪烁着正义的弯曲的影儿，但是深藏在他们心底的正义，只怕早已霉了，烂了，且将毁灭了。在这些人里，我见不着正义！

在亲子之间，师傅学徒之间，军官兵士之间，上司属僚之间，似乎有正义可见了，但是也不然。卑幼大抵顺从他们长上的，长上要施行正义于他们，他们诚然是不"能"违抗的——甚至"父教子死，子不得不死"一类话也说出来了。他们发见有形的扑鞭和

# 第一章
## 君子抱仁义，不惧天地倾

无形的赏罚在长上们的背后，怎敢去违抗呢？长上们凭着威权的名字施行正义，他们怎敢不遵呢？但是你私下问他们，"信么？服么？"他们必摇摇他们的头，甚至还奋起他们的双拳呢！这正是因为长上们不凭着正义的名字而施行正义的缘故了。这种正义只能由长上行于卑幼，卑幼是不能行于长上的，所以是偏颇的；这种正义只能施于卑幼，而不能施于他人，所以是破碎的；这种正义受着威权的鼓弄，有时不免要扩大到它的应有的轮廓之外，那时它又是肥大的。这些仍旧只是正义的弯曲的影儿。不凭着正义的名字而施行正义，我在这等人里，仍旧见不着它！

在没有威权的地方，正义的影儿更弯曲了。名位与金钱的面前，正义只剩淡如水的微痕了。你瞧现在一班大人先生见了所谓督军等人的劲儿！他们未必愿意如此的，但是一当了面，估量着对手的名位，就不免心里一软，自然要给他一些面子——于是不知不觉的就敷衍起来了。至于平常的人，偶然见了所谓名流，也不免要吃一惊，那时就是心里有一百二十个不以为然，也只好姑且放下，另做出一番"足恭"的样子，以表倾慕之诚。所以一班达官通人，差不多是正义的化外之民，他们所做的都是合于正义的，乃至他们所做的就是正了！——在他们实在无所谓正义与否了。呀！这样，正义岂不已经沦亡了？却又不然。须知我只说"面前"是无正义的,"背后"的正义却幸而还保留着。社会的维持,大部分或者就靠着这背后的正义罢。但是背后的正义,力量究竟是有限的,因为隔开一层,不由的就单弱了。一个为富不仁的人,背后虽然免不了人们的指摘,面前却只有恭敬。一个华服翩翩的人,犯了违警律,就是警察也要让他五分。这就是我们的正义了!我们的正义百分之九十九是在背后的,而在极亲近的人间,有时连这个背后的正义也没有!因为太亲近了,什么也可以原谅了,什么也可以马虎了,正义就任怎么弯曲也可以了。背后的正义只有存生疏的人们间。生疏的人们间,没有什么密切的关系,自然可以用上正义这个幌子。至于一定要到背后才叫出正义来,那全是为了情面的缘故。情面的根柢大概也是一种同情,一种廉价的同情。现在的人们只喜欢廉价的东西,在正义与情面两者中,就尽先取了情面,而将正义放在背后。在极亲近的人间,情面的优先权到了最大限度,正义就几乎等于零,就是在背后也没有了。背后的正义虽也有相当的力量,但是比起面前的正义就大大的不同,启发与戒惧的功能都如搀了水的薄薄的牛乳似的——于是仍旧只算是一个弯曲的影儿。在这些人里,我更见不着正义!

　　人间的正义究竟是在哪里呢?满藏在我们心里!为什么不取出来呢?它没有优先权!在我们心里,第一个尖儿是自私,其余就是

# 第一章
## 君子抱仁义,不惧天地倾

威权,势力,亲疏,情面等等;等到这些角色一一演毕,才轮得到我们可怜的正义。你想,时候已经晚了,它还有出台的机会么?没有!所以你要正义出台,你就得排除一切,让它做第一个尖儿。你得凭着它自己的名字叫它出台。你还得抖擞精神,准备一副好身手,因为它是初出台的角儿,捣乱的人必多,你得准备着打——不打不成相识呀!打得站住了脚携住了手,那时我们就能从容的瞻仰正义的面目了。

1924年5月14日作。
(原载《我们的七月》)

## 生命的价格——七毛钱 / 朱自清

生命本来不应该有价格的；而竟有了价格！人贩子，老鸨，以至近来的绑票土匪，都就他们的所有物，标上参差的价格，出卖于人；我想将来许还有公开的人市场呢！在种种"人货"里，价格最高的，自然是土匪们的票了，少则成千，多则成万；大约是有历史以来，"人货"的最高的行情了。其次是老鸨们所有的妓女，由数百元到数千元，是常常听到的。最贱的要算是人贩子的货色！他们所有的，只是些男女小孩，只是些"生货"，所以便卖不起价钱了。

人贩子只是"仲买人"，他们还得取给于"厂家"，便是出卖孩子们的人家。"厂家"的价格才真是道地呢！《青光》里曾有

# 第一章
## 君子抱仁义，不惧天地倾

一段记载，说三块钱买了一个丫头；那是移让过来的，但价格之低，也就够令人惊诧了！"厂家"的价格，却还有更低的！三百钱，五百钱买一个孩子，在灾荒时不算难事！但我不曾见过。我亲眼看见的一条最贱的生命，是七毛钱买来的！这是一个五岁的女孩子。一个五岁的"女孩子"卖七毛钱，也许不能算是最贱；但请您细看：将一条生命的自由和七枚小银元各放在天平的一个盘里，您将发现，正如九头牛与一根牛毛一样，两个盘儿的重量相差实在太远了！

我见这个女孩，是在房东家里。那时我正和孩子们吃饭；妻走来叫我看一件奇事，七毛钱买来的孩子！孩子端端正正的坐在条凳上；面孔黄黑色，但还丰润；衣帽也还整洁可看。我看了几眼，觉得和我们的孩子也没有什么差异；我看不出她的低贱的生命的符记——如我们看低贱的货色时所容易发见的符记。我回到自己的饭桌上，看看阿九和阿菜，始终觉得和那个女孩没有什么不同！但是，我毕竟发见真理了！我们的孩子所以高贵，正因为我们不曾出卖他们，而那个女孩所以低贱，正因为她是被出卖的；这就是她只值七毛钱的缘故了！呀，聪明的真理！

妻告诉我这孩子没有父母，她哥嫂将她卖给房东家姑爷开的银匠店里的伙计，便是带着她吃饭的那个人。他似乎没有老婆，手头很窘的，而且喜欢喝酒，是一个糊涂的人！我想这孩子父母若还在世，或者还舍不得卖她，至少也要迟几年卖她；因为她究竟是可怜可怜的小羔羊。到了哥嫂的手里，情形便不同了！家里总不宽裕，多一张嘴吃饭，多费些布做衣，是显而易见的。将来人大了，由哥嫂卖出，究竟是为难的；说不定还得找补些儿，才能送出去。这可多么冤呀！不如趁小的时候，谁也不注意，做个人情，送了干净！您想，温州不算十分穷苦的地方，也没碰着大荒年，干什么得了七个小毛钱，就心甘情愿的将自己的小妹子捧给人家呢？说等钱用？谁也不信！七毛钱了得什么急事！温州又不是没人买的！大约买卖两方本来相知；那边恰要个孩子顽儿，这边也乐得出脱，便半送半卖的含糊定了交易。我猜想那时伙计向袋里一摸一股脑儿掏了出来，只有七毛钱！哥哥原也不指望着这笔钱用，也就大大方方收了完事。于是财货两交，那女孩便归伙计管业了！

　　这一笔交易的将来，自然是在运命手里；女儿本姓"碰"，由她去碰罢了！但可知的，运命决不加惠于她！第一幕的戏已启示于我们了！照妻所说，那伙计必无这样耐心，抚养她成人长大！他将像豢养小猪一样，等到相当的肥壮的时候，便卖给屠户，任他宰割去；这其间他得了赚头，是理所当然的！但屠户是谁呢？在她

## 第一章
### 君子抱仁义，不惧天地倾

卖做丫头的时候，便是主人！"仁慈的"主人只宰割她相当的劳力，如养羊而剪它的毛一样。到了相当的年纪，便将她配人。能够这样，她虽然被撅在丫头坯里，却还算不幸中之幸哩。但在目下这钱世界里，如此大方的人究竟是少的；我们所见的，十有六七是刻薄人！她若卖到这种人手里，他们必搂榨她过量的劳力。供不应求时，便骂也来了，打也来了！等她成熟时，却又好转卖给人家作妾；平常搂榨的不够，这儿又找补一个尾子！偏生这孩子模样儿又不好；入门不能得丈夫的欢心，容易遭大妇的凌虐，又是显然的！她的一生，将消磨于眼泪中了！也有些主人自己收婢作妾的；但红颜白发，也只空断送了她的一生！和前例相较，只是五十步与百步而已。——更可危的，她若被那伙计卖在妓院里，老鸨才真是个令人肉颤的屠户呢！我们可以想到：她怎样逼她学弹学唱，怎样驱遣她去做粗活！怎样用藤筋打她，用针刺她！怎样督责她承欢卖笑！她怎样吃残羹冷饭！怎样打熬着不得睡觉！怎样终于生了一身毒疮！她的相貌使她只能做下等妓女；她的沦落风尘是终生的！她的悲剧也是终生的！——唉！七毛钱竟买了你的全生命——你的血肉之躯竟抵不上区区七个小银元么！生命真太贱了！生命真太贱了！

因此想到自己的孩子的运命,真有些胆寒!钱世界里的生命市场存在一日,都是我们孩子的危险!都是我们孩子的侮辱!您有孩子的人呀,想想看,这是谁之罪呢?这是谁之责呢?

4月9日,宁波作。

(节选自《温州的踪迹》)

第一章
君子抱仁义,不惧天地倾

## 论睁了眼看 / 鲁迅

虚生先生所做的时事短评中,曾有一个这样的题目:"我们应该有正眼看各方面的勇气"(《猛进》十九期)。诚然,必须敢于正视,这才可望敢想,敢说,敢作,敢当。倘使并正视而不敢,此外还能成什么气候。然而,不幸这一种勇气,是我们中国人最所缺乏的。

但现在我所想到的是别一方面——

中国的文人,对于人生,——至少是对于社会现象,向来就多没有正视的勇气。我们的圣贤,本来早已教人"非礼勿视"的了;而这"礼"又非常之严,不但"正视",连"平视""斜视"也不许。现在青年的精神未可知,在体质,却大半还是弯腰曲背，低眉顺眼，表示着老牌的老成的子弟，驯良的百姓，——至于说对外却有大力量，乃是近一月来的新说，还不知道究竟是如何。

　　再回到"正视"问题去：先既不敢，后便不能，再后，就自然不视，不见了。一辆汽车坏了，停在马路上，一群人围着呆看，所得的结果是一团乌油油的东西。然而由本身的矛盾或社会的缺陷所生的苦痛，虽不正视，却要身受的。文人究竟是敏感人物，从他们的作品上看来，有些人确也早已感到不满，可是一到快要显露缺陷的危机一发之际，他们总即刻连说"并无其事"，同时便闭上了眼睛。这闭着的眼睛便看见一切圆满，当前的苦痛不过是"天之将降大任于是人也，必先苦其心志，劳其筋骨，饿其体肤，空乏其身，行拂乱其所为"。于是无问题，无缺陷，无不平，也就无解决，无改革，无反抗。因为凡事总要"团圆"，正无须我们焦躁；放心喝茶，睡觉大吉。再说废话，就有"不合时宜"之咎，免不了要受大学教授的纠正了。呸！

　　我并未实验过，但有时候想：倘将一位久蛰洞房的老太爷抛在夏天正午的烈日底下，或将不出闺门的千金小姐拖到旷野的黑夜里，大概只好闭了眼睛，暂续他们残存的旧梦，总算并没有遇到暗或光，虽然已经是绝不相同的现实。中国的文人也一样，万事闭眼

## 第一章
### 君子抱仁义，不惧天地倾

睛，聊以自欺，而且欺人，那方法是：瞒和骗。

中国婚姻方法的缺陷，才子佳人小说作家早就感到了，他于是使一个才子在壁上题诗，一个佳人便来和，由倾慕——现在就得称恋爱——而至于有"终身之约"。但约定之后，也就有了难关。我们都知道，"私订终身"在诗和戏曲或小说上尚不失为美谈（自然只以与终于中状元的男人私订为限），实际却不容于天下的，仍然免不了要离异。明末的作家便闭上眼睛，并这一层也加以补救了，说是：才子及第，奉旨成婚。"父母之命媒妁之言"经这大帽子来一压，便成了半个铅钱也不值，问题也一点没有了。假使有之，也只在才子的能否中状元，而决不在婚姻制度的良否。

（近来有人以为新诗人的做诗发表，是在出风头，引异性；且迁怒于报章杂志之滥登。殊不知即使无报，墙壁实"古已有之"，早做过发表机关了；据《封神演义》，纣王已曾在女娲庙壁上题诗，那起源实在非常之早。报章可以不取白话，或排斥小诗，墙壁却拆不完，管不及的；倘一律刷成黑色，也还有破磁可划，粉笔可书，真是穷于应付。做诗不刻木板，去藏之名山，却要随时发表，虽然很有流弊，但大概是难以杜绝的罢。）

《红楼梦》中的小悲剧，是社会上常有的事，作者又是比较的敢于实写的，而那结果也并不坏。无论贾氏家业再振，兰桂齐芳，即宝玉自己，也成了个披大红猩猩毡斗篷的和尚。和尚多矣，但披这样阔斗篷的能有几个，已经是"入圣超凡"无疑了。至于别的人们，则早在册子里一一注定，末路不过是一个归结：是问题的结束，不是问题的开头。读者即小有不安，也终于奈何不得。然而后来或续或改，非借尸还魂，即冥中另配，必令"生旦当场团圆"才肯放手者，乃是自欺欺人的瘾太大，所以看了小小骗局，还不甘心，定须闭眼胡说一通而后快。赫克尔（E. Haeckel）说过：人和人之差，有时比类人猿和原人之差还远。我们将《红楼梦》的续作者和原作者一比较，就会承认这话大概是确实的。

"作善降祥"的古训，六朝人本已有些怀疑了，他们作墓志，竟会说"积善不报，终自欺人"的话。但后来的昏人，却又瞒起来。元刘信将三岁痴儿抛入蘸纸火盆，妄希福祐，是见于《元典章》的；剧本《小张屠焚儿救母》却道是为母延命，命得延，儿亦不死了。一女愿侍痼疾之夫，《醒世恒言》中还说终于一同自杀的；后来改作的却道是有蛇坠入药罐里，丈夫服后便全愈了。凡有缺陷，一经作者粉饰，后半便大抵改观，使读者落诬妄中，以为世间委实尽够光明，谁有不幸，便是自作，自受。

有时遇到彰明的史实，瞒不下，如关羽岳飞的被杀，便只好别

## 第一章
### 君子抱仁义，不惧天地倾

设骗局了。一是前世已造夙因，如岳飞；一是死后使他成神，如关羽。定命不可逃，成神的善报更满人意，所以杀人者不足责，被杀者也不足悲，冥冥中自有安排，使他们各得其所，正不必别人来费力了。

中国人的不敢正视各方面，用瞒和骗，造出奇妙的逃路来，而自以为正路。在这路上，就证明着国民性的怯弱，懒惰，而又巧滑。一天一天的满足着，即一天一天的堕落着，但却又觉得日见其光荣。在事实上，亡国一次，即添加几个殉难的忠臣，后来每不想光复旧物，而只去赞美那几个忠臣；遭劫一次，即造成一群不辱的烈女，事过之后，也每每不思惩凶，自卫，却只顾歌咏那一群烈女。仿佛亡国遭劫的事，反而给中国人发挥"两间正气"的机会，增高价值，即在此一举，应该一任其至，不足忧悲似的。自然，此上也无可为，因为我们已经借死人获得最上的光荣了。沪汉烈士的追悼会中，活的人们在一块很可景仰的高大的木主下互相打骂，也就是和我们的先辈走着同一的路。

文艺是国民精神所发的火光，同时也是引导国民精神的前途的灯火。这是互为因果的，正如麻油从芝麻榨出，但以浸芝麻，就使它更油。倘以油为上，就不必说；否则，当参入别的东西，或水或碱去。中国人向来因为不敢正视人生，只好瞒和骗，由此也生出瞒和骗的文艺来,由这文艺,更令中国人更深地陷入瞒和骗的大泽中,甚而至于已经自己不觉得。世界日日改变,我们的作家取下假面,真诚地,深入地,大胆地看取人生并且写出他的血和肉来的时候早到了;早就应该有一片崭新的文场,早就应该有几个凶猛的闯将!

现在,气象似乎一变,到处听不见歌吟花月的声音了,代之而起的是铁和血的赞颂。然而倘以欺瞒的心,用欺瞒的嘴,则无论说A和O,或Y和Z,一样是虚假的;只可以吓哑了先前鄙薄花月的所谓批评家的嘴,满足地以为中国就要中兴。可怜他在"爱国"的大帽子底下又闭上了眼睛了——或者本来就闭着。

没有冲破一切传统思想和手法的闯将,中国是不会有真的新文艺的。

一九二五年七月二十二日。

第一章
君子抱仁义,不惧天地倾

## 救火夫 / 梁遇春

三年前一个夏天的晚上,我正坐在院子里乘凉,忽然听到接连不断的警钟声音,跟着响三下警炮,我们都知道城里什么地方的屋子又着火了。我的父亲跑到街上去打听,我也奔出去瞧热闹。远远来了一阵嘈杂的呼喊,不久就有四五个赤膊工人个个手里提一只灯笼,拼命喊道,"救,""救,"……从我们面前飞也似的过去,后面有六七个工人拖一辆很大的铁水龙同样快地跑着,当然也是赤膊的。他们只在腰间系一条短裤,此外棕黑色的皮肤下面处处有蓝色的浮筋跳动着,他们小腿的肉的颤动和灯笼里闪烁欲灭的烛光有一种极相协的和谐,他们的足掌打起无数的尘土,可是他们越跑越带劲,好像他们每回举步时,从脚下的"地"都得到一些新力量。水龙隆隆的声音杂着他们尽情的呐喊,他们在满面汗珠之下现出同情和快乐的脸色。那一架庞大的铁水龙我从前在救火会曾经看见过,总以为最少也要十七八个人用两根杠子才抬得走,万想不到六七个人居然能够牵着它飞奔。他们只顾到口里喊"救",那么不在乎地拖着这笨重的家伙望前直奔,他们的脚步和水龙的轮子那么一致飞动,真好像铁面无情的水龙也被他们的狂热所传染,自己用力跟着跑了。一霎眼他们都过去了,一会儿只剩些隐约的喊声,我的心却充满了惊异,愁闷的心境顿然化为晴朗,真可说拨云雾而见天日了。那时的情景就不灭地印在我的心中。

从那时起,我这三年来老抱一种自己知道绝不会实现的宏愿,我想当一个救火夫。他们真是世上最快乐的人们,当他们心中只惦着赶快去救人这个念头,其他万虑皆空,一面善用他们活泼泼的躯干,跑过十里长街,像救自己的妻子一样去救素来不识面的人们,他们的生命是多么有目的,多么矫健生姿。我相信生命是一块顽铁,除非在同情的熔炉里烧得通红的,用人间世的灾难做锤子来使他迸出火花来,他总是那么冷冰冰,死沉沉地。怅惘地徘徊于人生路上的我们天天都是在极剧烈的麻木里过去——一种甚至于不能得自己同情的苦痛,可是我们的迟疑不前成了天性,几乎将我们活动的能力一笔勾销,我们的惯性把我们弄成残废的人们了。不敢上

## 第一章
### 君子抱仁义，不惧天地倾

人生的舞场和同伴们狂欢地跳舞，却躲在帘子后面呜咽，这正是我们这般弱者的态度。在席卷一切的大火中奔走，在快陷下的屋梁上攀缘，不顾死生，争为先登的救火夫们安得不打动我们的心弦。他们具有坚定不拔的目的，他们一心一意想营救难中的人们，凡是难中人们的命运他们都视如自己地亲切地感到，他们尝到无数人心中的哀乐，那般人们的生命同他们的生命息息相关，他们忘记了自己，将一切火热里的人们都算做他们自己，凡是带有人的脸孔全可以算做他们自己，这样子他们生活的内容丰富到极点，又非常澄净清明，他们才是真真活着的人们。

他们无条件地同一切人们联合起来，为着人类，向残酷的自然反抗。这虽然是个个人应当做的事，并没有什么了不得，然而一看到普通人们那样子任自然力蹂躏同类，甚至于认贼作父，利用自然力来残杀人类，我们就不能不觉得那是一种义举了。他们以微小之躯，为着爱的力量的缘故，胆敢和自然中最可畏的东西肉搏，站在最前面的战线，这时候我们看见宇宙里最悲壮雄伟的戏剧在我们面前开演了：人和自然的斗争，也就是希腊史诗所歌咏的人神之争（因为在希腊神话里，神都是自然的化身）。我每次走过上海静安寺路救火会门口，看见门上刻有 We Fight Fire 三字，我总觉得凛然起敬。我爱狂风暴浪中把着舵神色不变的舟子，我对于

**君子如玉  
亦如铁**

始终住在霍乱流行极盛的城里，履行他的职务的约翰·勃朗医生（Dr. John Brown）怀一种虔敬的心情（虽然他那和蔼可亲的散文使我觉得他是个脾气最好的人），然而专以杀微弱的人类为务的英雄却勾不起我丝毫的欣羡，有时简直还有些鄙视。发现细菌的巴斯德（Pasteur），发明矿中安全灯的某一位科学家（他的名字我不幸忘记了），以及许多为人类服务的人们，像林肯、威尔逊之流，他们现在天天受我们的讴歌，实际上他们和救火夫具有同样的精神，也可说救火夫和他们是同样地伟大，最少在动机方面是一样的，然而我却很少听到人们赞美救火夫。可是救火夫并不是一眼瞧着受难的人类，一眼顾到自己身前身后的那般伟人，所以他们虽然没有人们献上甜蜜蜜的媚辞，却很泰然地干他们冒火打救的伟业，这也正是他们的胜过大人物们的地方。

有一位愤世的朋友每次听到我赞美救火夫时，总是怒气汹汹的说道，这个胡涂的世界早就该烧个干干净净，山穷水尽，现在偶然天公做美，放下一些火来，再用些风来助火势，想在这片龌龊的地上锄出一小块洁白的土来。偏有那不知趣的，好事的救火夫焦头烂额地来浇下冷水，这真未免于太杀风景了，而且人们的悲哀已经是达到饱和度了，烧了屋子和救了屋子对于人们实在并没有多大关系，这是指那般有知觉的人而说。至于那般天赋与铜心铁

## 第一章
### 君子抱仁义，不惧天地倾

肝，毫不知苦痛是何滋味的人们，他们既然麻木了，多烧几间房子又何妨呢！总之，天下本无事，庸人自扰之，足下的歌功颂德更是庸人之尤所干的事情了。这真是"人生一世浪自苦，盛衰桃杏开落间"。我这位朋友是最富于同情心的人，但是顶喜欢说冷酷的话，这里面恐怕要用些心理分析的功夫罢！然而，不管我们对于个个的人有多少的厌恶，人类全体合起来总是我们爱恋的对象。这是当代一位没有忘却现实的哲学家George Santayana（乔治·桑塔亚那）讲的话。这话是极有道理的，人们受了遗传和环境的影响，染上了许多坏习气，所以个个人都具些讨厌的性质，但是当我们抽象地想到人类的，我们忘记了各人特有的弱点，只注目在人们真美善的地方，想用最完美的法子使人性向着健全壮丽的方面发展，于是彩虹般的好梦现在当前，我们怎能不爱人类哩！英国十九世纪末叶诗人Frederich Locker-Lampson（兰普逊）在他的自传My Confidences（《我的信心》）说道："一个思想灵活的人最善于发现他身边的人们的潜伏的良好气质，他是更容易感到满足的，想象力不发达的人们是最快就觉得旁人的可厌，的确是最喜欢埋怨他们朋友的知识上同别方面的短处。"（不知道我那位嫉俗的朋友听了这段话作何感想，但是我绝不是因为他发现了我那一方面的短处，特地引这一段来酬他的好意。恐怕他误会了更加愤世,所以郑重地声明一下。)总之,当救火夫在烟雾里冲锋同突围的时候,他们只晓得天下有应当受他们的援救的人类,绝没有想到着火的屋里住有个杀千刀、杀万刀的该死狗才。天下最大的快乐无过于无顾忌地尽量使用己身隐藏的力量,这个意思亚里士多德在二千年前已经娓娓长谈过了。救火夫一时激于舍身救人的意气,举重若轻地拖着水龙疾驰,履险若夷地攀登危楼,他们忘记了困难危险,因此危险困难就失丢了它们一大半的力量,也不能同他们捣乱了。他们慈爱的精神同活泼的肉体真得到尽量的发展,他们奔走于惨淡的大街时,他们脚下踏的是天堂的乐土,难怪他们能够越跑越有力,能够使旁观的我得到一付清心剂。就说他们所救的人们是不值得救的,他们这派的气概总是可敬佩的。天下有无数女人捧着极纯净的爱情,送给极卑鄙的男子,可是那雪白的热情不会沾了尘污,永远是我们所欣羡不置的。

救火夫不单是从他们这神圣的工作得到无限的快乐,他们从同拖水龙,同提灯笼的伴侣又获到强度的喜悦。他们那时把肯牺牲自己,去营救别人的人们都认为比兄弟还要亲密的同志。不管村俏老少,无论贤愚智不肖,凡是努力于扑灭烈火的人们,他们都看做生平的知己,因为是他们最得意事的伙计们。他们有时在火场上初次相见,就可以相视而笑,莫逆于心,"乐莫乐兮新相知",他们的

## 第一章
### 君子抱仁义,不惧天地倾

生活是多有趣呀!个个人雪亮的心儿在这一场野火里互相认识,这是多么值得干的事情。懦怯无能的我在高楼上玩物丧志地读着无谓的书的时候,偶然听到警钟,望见远处一片漫天的火光,我是多么神往于随着火舌狂跳的壮士,回看自己枯瘦的影子,我是多么心痛,痛惜我虚度了青春同壮年。

但是若使我们睁开眼睛,举目四望,我们将看到世界上——最少中国里面——无处无时不是有火灾,我们在街上碰到的人十分之九是住在着火的屋子的人们。被军队拉去运东西的夫役;在工厂里从清早劳动到晚上的童工;许多失业者,为要按下饥肠,就拿刀子去抢劫,最后在天桥上一命呜呼的匪犯;或者所谓无笔可投而从戎,在寒风里抖战着,自己不知道什么时候会变做旷野里的尸首的兵士;此外踯躅街头,忍受人们的侮辱,拿着洁净的肉体去换钱的可尊敬的女性:娼妓;码头上背上负了几百斤的东西(那里面都是他们的同胞的日用必需奢侈品),咬定牙根,迈步向前的脚夫,机器间里,被煤气熏得吐不出气,天天显明地看自己向死的路上走去,但是为着担心失业的苦痛,又不敢改业,宁可被这一架机器磨折死的工人;瘦骨不盈一把,拖着身体强壮,不高兴走路的大人的十三四岁车夫,报上天天记载的那类"两个铜片,牺牲了一条生命",这类闲人认为好玩事情的凄惨背境,黄浦滩头,从容就义的无数为生计所迫而自杀的人们的绝命书……总之,他们都是无时无刻不在烈火里活着,对于他们地球真是一个大炮烙柱子,他们个个都正晕倒在烟雾中,等着火舌来把他们烧成焦骨。可是我们却见死不救,还望青天歌咏我们从来没有见过的夜莺。若使我的朋友的房子着火了,我们一定去帮忙,做个当然的救火夫,现在全地面到处都是熊熊的火焰,我们都觉闲暇得打出数不尽的呵欠来,可见天下人都是明可察秋毫,而不能见泰山,否则世界也不至于糟糕得如是之甚了。

我们都是上帝所派定的救火夫,因为凡是生到人世来都具有救人的责任,我们现在时时刻刻听着不断的警钟,有时还看见人们呐喊着望前奔,然而我们有的正忙于挣钱积钱,想做面团团、心硬硬、人蠢蠢的富家翁,有的正阴谋权位,有的正搂着女人欢娱,有的正缘着河岸,自鸣清高地在那儿伤春悲秋,都是失职的救火夫。有些神经灵敏的人听到警钟,也都还觉得难过,可是又顾惜着自己的皮肤,只好拿些棉花塞在耳里,闭起门来,过象牙塔里的生活。若使我们城里的救火夫这样懒惰,拿公事来做儿戏,那么我们会多么愤激地辱骂他们,可是我们这个大规模的失职却几乎变成当然的事情了,天下事总是如是莫测其高深的,宇宙总是这么颠倒地安排着,难怪有人喊起"打倒这胡涂世界"的口号。

## 第一章
### 君子抱仁义，不惧天地倾

有些人的确是去救火了，但是他们只抬一架小水龙，站在远处，射出微弱的水线。他们总算是到场，也可以欺人自欺地说已尽职了，但是若使天下的救火夫都这么文绉绉地，无精打采地做他们的工作，那么恐怕世界的火灾永不会扑灭，一代一代的人们永远是湮没在这火坑里，人类始终没有抬头的日子了。真真的救火夫应当冲到火焰里，爬上壁立的绳梯，打破窗户进去，差不多是拿自己的命来换别人的生命，一面踏着危梁，牵着屋角，勇敢地拆散将着火的屋子，甚至就是自己被压死也是无妨。要这样子才能济事。救火的场中并不是卖弄斯文的地点，在那里所宝贵的是胆量和筋肉，微温的同情是用不着的，好意的了解是不感谢的，果然真是热肠的男儿，那么就来拖着水龙，望火旺处冲进去罢。个个救火夫都该抱个我不先入地狱，谁入地狱的精神，相信有一人不得救，我即不能升天的道理，那么深夜里，狂风怒号，火光照人须眉的时候，正是他们献身的时节。袖手拿出隔江观火的态度是最卑污不过的弱者。

有人说，人生乐事正多，野外有恬静清幽，含有无限奥妙的自然，值得我们欣赏，城市里有千奇百怪，趣味无穷的世态，可以供我们玩味，我们在世之日无多，匆匆地就结束了，何不把这些须绝难再得的时光用来享乐自己呢？他们以为我们该做个世态的旁观者，冷笑地在旁看人生这套杂剧不断地排演着，在一旁喝些汽水,抽着纸烟闲谈。不错,世界是个大舞台,人生也的确是一出很妙的杂剧,但是不幸得很,我们不能离开这世界,我们是始终滞在舞台上面的,这出剧的观众是上帝,是神们,或者魔鬼们,绝不是我们自己。站在戏台上不扮个角色,老是这般痴痴地望着,也未免难为情吧!并且我们的一举一动总不能脱离人生,我们虽然自命为旁观者,我们还是时时刻刻都在这里面打滚,人间世的喜怒哀乐还是跟我们寸步不离,那么故意装做超然的旁观态度,真是个十足的虚伪者。我们除开死之外,永远没有法子能离开人生,站在一旁,又何苦弄出这一大串自欺欺人的话呢!并且有许多最俗不过的人们,为着要避免世上种种有损于己的责任,为着要更专心地去追求一己的名利,就拿出世态旁观者这副招牌,挡住了一切于己无益的义务,暗地里干他们自己的事情,这种人是卑鄙得不配污我的笔墨,用不着谈的。现在全世界处处都有火灾,整座舞台都着火了,我们还有闲情去与自然同化,讥讽人生吗?救火夫听到警钟不去拖水龙,却坐在家里钓鱼,跟老婆话家常,这种人恐怕是绝顶聪明的人罢?然而这正是前面所说的及时行乐的人们。当我们提着灯笼,奔过大路的时候,路旁的美丽姑娘同临风招展的花草是无心观看的,虽然她们本身是极值得赞美的。至于只知道哼着颠三倒四的文句,歌颂那大家都无缘识面的夜莺的中国新文人,我除开希望北

## 第一章
### 君子抱仁义，不惧天地倾

平的刮风把他们吹到月球上面去以外，没有第二个意思。

当我们住的屋子烧着的时候，常有穷人们来乘火打劫，这样幸灾乐祸的办法真是可恨极了。然而我们一想许多人天天在火坑里过活，他们不能得到他们应得的报酬，我们坐着说风凉话的先生们却拿着他们所应得的东西来过舒服的生活；他们饿死了，那全因为我们可以多吃一次燕窝，使我们肚子涨得难受，可以多喝一杯白兰地，使我们的头更痛得利害，于斯而已矣。所以睁大眼睛看起来，我们天天都是靠着乘火打劫过活，这真是大盗不动干戈。我们乘火打劫来的东西有时偶然被人们乘火打劫去，我们就不胜其愤慨，说要按法严办，这的确太缺乏诙谐的风趣了。应当做救火夫的我们偏要干乘火打劫的勾当，人性已朽烂到这样地步，我想彗星和地球接吻的时候真该到了。

君子如玉
亦如铁

## 黑暗 / 梁遇春

  我们这班圆颅方趾的动物应当怎样分类呢？若使照颜色来分做黄种，黑种，白种，红种等等，那的确是难免于肤浅。若使打开族谱，分做什么，Aryan（雅利安人），Semitic（闪米特人）等等，也是不彻底的，因为五万年前本一家。再加上人们对于他国女子的倾倒，常常为着要得到异乡情调，宁其冒许多麻烦，娶个和自己语言文字以及头发眼睛的颜色绝不相同的女人，所以世界上的人们早已打成一片，无法来根据皮肤颜色和人类系统来分类了。德国讽刺家Saphir（沙比尔）说："天下人可以分做两种——有钱的人们和没有钱的人民。"这真是个好办法！但是他接着说道："然而，没有钱的人们不能算做人——他们不是魔鬼——可怜的魔

## 第一章
### 君子抱仁义,不惧天地倾

鬼,就是天使,有耐心的,安于贫穷的天使。"所以这位出语伤人的滑稽家的分类法也就根本推翻了。Charles Lamb(兰姆)说:"照我们能建设的最好的理论,人类是两种人构成的,'向人借钱的人们'同'借钱给人的人们'。"可是他真是太乐观了,他忘记了天下尚有一大堆毫无心肝的那班洁身自好的君子。他们怕人们向他们借钱,于是先立定主意永不向人们借钱,这样子人们也不好意思来启齿了;也许他们怕自己会向人们借钱,弄到亏空,于是先下个决心不借钱给别人,这样子自断自己借钱的路,当然会节俭了,总之,他们的心被钱压硬了,再也发不出同情的或豪放的跳动。钱虽然是万能,在这方面却不能做个良好的分类工具。我们只好向人们精神方面去找个分类标准。夸大狂是人们的一种本性,个个人都喜欢用他自命特别具有的性质来做分类的标准。基督教徒认为世人只可以分做基督教徒和异教徒;道学家觉得人们最大的区别是名教中人和名教罪人;爱国主义者相信天下人可以黑白分明地归于爱国者和卖国贼这两类;"钟情自在我辈"的名士心里只把人们斫成两部分,一面是餐风饮露的名士,一面是令人作呕的俗物。这种唯我独尊的分类法完全出自主观,因为要把自己说的光荣些,就随便竖起一面纸糊的大旗,又糊好一面小旗偷偷地插在对面,于是乎拿起号角,向天下人宣布道这是世上的真正局面,一切芸芸苍生

# 君子如玉
## 亦如铁

不是这边的好汉,就是那面的喽罗,自己就飞扬跋扈地站在大旗下傻笑着。这已经是够下流了。但是若使没有别的结果,只不过令人冷笑,那倒也是无妨的;最可怕的却是站在大旗下的人们总觉得自己是正宗,是配得站在世界上做人的,对面那班小鬼都是魔道,应该退出世界舞台的。因此认为自己该享到许多特权,那班敌人是该排斥,压迫,毁灭的。所以基督教徒就在中古时代演出教会审判那幕惨凄的悲剧;道学家几千年来在中国把人们弄得这么奄奄一息,毫无"异端"的精神;爱国主义者吃了野心家的迷醉剂,推波助澜地做成欧战;而名士们一向是靠欺骗奸滑为生,一面骂俗物,一面做俗物的寄生虫,养成中国历来文人只图小便宜的习气。这几个招牌变成他们的符咒,借此横行天下,发泄人类残酷的兽性。我们绝不能再拿这类招牌来惹祸了。

在上帝创造世界之后,宇宙是黑漆一团的,而世界的末日也一定是归于原始的黑暗,所以这个宇宙不过是两个黑暗中间的一星火花。但是这个世界仍然是充满了黑暗,黑暗可说是人生核心;人生的态度也就是在乎怎样去处理这个黑暗。然而,世上有许多人根本不能认识黑暗,他们对于人生是绝无态度的,只有对于世人通常姿态的一种出于本能的模仿而已,他们没有尝到人生的本质,黑暗,所以他们是始终没有看清人生的;永远是影子般浮沉世上。他

# 第一章
## 君子抱仁义，不惧天地倾

们的哀乐都比别人轻，他们生活的内容也浅陋得很，他们真可说虽生之日犹死之年。可是，他们占了世人的大部分，这也是几千年来天下所以如是纷纷的原因之一。

他们并非完全过着天鹅绒的生活，他们也遇过人生的坎坷，或者终身在人生的臼子里面被人磨舂着，但是他们不能了解什么叫做黑暗。天下有许多只会感到苦痛，而绝不知悲哀的人们。当苦难压住他们时候，他们本能地发出哀号，正如被打的猫狗那么嚷着一样。苦难一走开，他们又恢复日常无意识的生活状态了，一张折做两半的纸还没有那么容易失掉那折痕。有时甚至当苦痛还继续着时候，他们已经因为和苦痛相熟，而变麻木了。过去是立刻忘记了，将来是他们所不会推测的，现在的深刻意义又是他们所无法明白的，所以他们免不了莫名其妙的过日子。悲哀当然是没有的，但是也失丢了生命，充实的生命。他们没有高举生命之杯，痛饮一番，他们只是尝一尝杯缘的酒痕。有时在极悲哀的环境里，他们会如日常地白痴地笑着，但是他们也不晓得什么是人生最快意的时候。他们始终没有走到生命里面去，只是生命向前的一个无聊的过客。他们在世上空尝了许多无谓的苦痛同比苦痛更无谓的微温快乐，他们其实不懂得生命是怎么一回事。真是深负上天好生之德。

## 君子如玉
## 亦如铁

有人以为志行高洁的理想主义者应当不知道世上一切龌龊的事体,应当不懂得世上有黑暗这个东西。这是再错不过的见解。只有深知黑暗的人们才会热烈地赞美光明。没有饿过的人不大晓得食饱的快乐,没有经过性的苦闷的小孩子很难了解性生活的意义。奥古斯丁、托尔斯泰都是走遍世上污秽的地方,才产生了后来一尘不沾的洁白情绪。不觉得黑暗的可怕,也就看不见光明的价值了。孙悟空没有在八卦炉中烧了六十四天,也无从得到那对洞观万物的火眼金睛了。所以天下最贞洁高尚的女性是娼妓。她们的一生埋在黑暗里面,但是有时谁也没有她们那么恋着光明。她们受尽人们的揶揄,历遍人间凄凉的情境,尝到一切辛酸的味道,若使她们的心还卓然自立,那么这颗心一定是满着同情和怜悯。她们抓到黑暗的核心,知道侮辱她们的人们也是受这个黑暗残杀着,她们怎么不会满心都是怜悯呢,当De Quincey(德·昆西)流落伦敦,彷徨无依的时候,街上下等的娼妓是他惟一的朋友,最纯洁的朋友,当朵斯妥夫斯基(今译陀思妥耶夫斯基)的《罪与罚》里主要人物Raskonikov(拉斯科尔尼科夫)为着杀了人,万种情绪交哄胸中时候,妓女Sonia(索尼娅)是惟一能够安慰他的人,和他同跪在床前念圣经,劝他自首。只有濯污泥者才能够纤尘不染。从黑暗里看到光明的人正同新罗曼主义者一样,他们受过写实主义的

# 第一章
## 君子抱仁义，不惧天地倾

洗礼，认出人们心苗里的罗曼根源，这才是真真的罗曼主义。在这个糊涂世界里，我们非是先一笔勾销，再重新一一估定价值过不可，否则囫囵吞枣地随便加以可否，是猪八戒吃人参果的办法。没有夜，那里有晨曦的光荣。正是风雨如晦时候，鸡鸣不已才会那么有意义，那么有内容。不知黑暗，心地柔和的人们像未锻炼过的生铁，绝不能成光芒十丈的利剑。

但是了解黑暗也不是容易的事，想知道黑暗的人最少总得有个光明的心地。生来就盲目的，绝对不知道光明和黑暗的分别，因此也可说不能了解黑暗了。说到这里，我们很可以应用柏拉图的穴居人的比喻。他们老住在穴中，从来没有看到阳光，也不觉得自己是在阴森森的窟里。当他们才走出来的时候，他们羞光，一受到光明的洗礼，反头晕目眩起来，这是可以解说历来人们对于新时代的恐怖，总是恋着旧时代的骸骨，因为那是和人们平常麻木的心境相宜的。但是当他们已惯于阳光了，他们一回去，就立刻深觉得窟里的黑暗凄惨。人世的黑暗也正和这个窟穴一样，你必定瞧到了光明，才能晓得那是多么可怕的。诗人们所以觉得世界特别可悲伤的，也是出于他们天天都浴在洁白的阳光里。而绝不能了解人世光明方面的无聊小说家是无法了解黑暗，虽然他们拼命写许多所谓黑幕小说。这类小说专讲怎样去利用人世的黑暗，却没有说到黑暗的本质。他们说的是技术，最可鄙的技术，并没有尝到人世黑暗的悲哀。所以他们除开刻板的几句世俗道德家的话外，绝无同情之可言。不晓得悲哀的人怎么会有同情呢？"人心险诈"这个黑暗是值得细味的，至于人心怎样子险诈，以及我们在世上该用那种险诈手段才能达到目的，这些无聊的世故是不值得探讨的。然而那班所谓深知黑暗的人们却只知道玩弄这些小技，完全没有看到黑暗的真意义了。俄国文学家Dostoievsky（陀思妥耶夫斯基）、Gogol（果戈理）、Chekhov（契诃夫）等才配得上说是知道黑暗的人。他们也都是光明的歌颂者。当我们还无法来结实地来把人们分类时候，就将世人分做知道黑暗的和不知道黑暗的，也未始不是个好办法罢！最少我这十几年来在世网里挣扎着的时候对于人们总是用这点来分类，而且觉得这个标准可以指示出他们许多其他的性质。

第二章
# 非学无以广才,非志无以成学

愿中国青年都摆脱冷气,
只是向上走,不必听自暴自弃者流的话。
能做事的做事,能发声的发声。
有一分热,发一分光,
就令萤火一般,
也可以在黑暗里发一点光,不必等候炬火。
此后如竟没有炬火:我便是唯一的光。

第二章
非学无以广才,非志无以成学

## 出了象牙之塔 / 梁实秋

十五年前,我还是一个没有成熟的青年。那时候我是艺术至上主义的信仰者,我觉得最丑恶的是实际人生,最美的生活是逃避现实,所以对于文学艺术发生了浓厚的爱好。我爱李义山的诗,因为他绮丽;我爱拜伦雪莱,因为他们豪放超脱浪漫。我喜欢看图画,喜欢弄音乐,喜欢月夜散步,喜欢湖旁独坐,喜欢写情诗,喜欢发感慨。我厌恨社会科学,厌恨自然科学,厌恨商人,厌恨说教的道学家,厌恨空虚的宗教。用近代术语来说,我当时该是一个所谓"文学青年"。偶检书箧,发现当时译的一首法国象征派诗人波多莱耳(今译波德莱尔)的散文诗,是曾发表在当时学校的周刊上的,译文是这样的:

永久的陶醉。别的事都无足轻重：这是唯一的问题。

假如你不愿，感觉那"时间"的可怖的担负压在你的肩上并且挤迫你到这个尘世，那么就去继续的酩酊大醉。

凭什么去醉呢？凭酒，凭诗。或是凭品德，任随你的便。必要去醉。

假如有时在宫殿的台阶上，或在沟渠的绿岸上，或在你自己屋里可怕的孤独里，你神志清醒了，或醉醒退减了一半或全部，试问一问风，或浪，或星，或鸟，或钟，或一切能飞的，叹的，动摇的，唱的，说的，现在是什么时候；风，浪，星，鸟，钟，将要答你："这是陶醉的时候！陶醉啊，假如你不愿做'时间'的殉死的奴隶；继续的酩酊啊！以酒，以诗，以品德，任随你便。"

译文有无错误，且不去管，却表示了我当时的心情，我当时觉得这诗道出了我的自己的内心的苦闷。现在我看着，觉得汗颜。但因此我也就能了解一些现代"文学青年"之趋向于逃避现实。十五年前我自己也便是这样的！一个人的年纪把一个人的心情改变得多么厉害！也许有人说，你从前的幼稚确是真，你现在的成熟确是假。我不这样想，我以为这是时间之无情的手段所酿成的变化。从

## 第二章
### 非学无以广才，非志无以成学

前的逃避现实是许多人所不能避免的一个阶段，从逃避现实到正视人生也是一个不能避免的转移。不记得听谁说过："一个人若在年轻时候不是无政府主义者，这个人没有出息；一个人若在成年之后仍然是一个无政府主义者，这个人也是没有出息！"这是就政治思想而言。我想在文学上亦然。一个人在年轻时候若不是"为艺术而艺术"的信仰者，这个人没有出息；一个人若是到了成年之后还主张"为艺术而艺术"，这个人也没有出息！

但是现代的青年，却很少有逃避现实的趋向。现代而高谈象征主义的倒是一些中年的人。现在的青年被另外一种时尚所诱惑了。现在的青年的口头禅是斗争，是辩证法，是唯物论，是革命，在文学的领域以内亦然。当然现在的中国和十五年前的中国，环境是不同的。但是我们得承认，无论辩证法唯物论这一套是如何如何的正确，无论青年人放弃了那逃避现实的倾向是如何的可庆幸，这种"少年老成"的现象究竟是环境逼出来的，究竟是不自然的，现代青年人比从前的青年人知道正视人生，知道注意国家社会的情形，这是可喜的。然而从另一方面看，环境逼得青年人早熟，环境逼得青年人老早的就摆脱了孩气，老早的就变得老成，这也不是合乎我们理想的事，当然，谁也不愿再把现代青年打发回"象牙之塔"，然而"象牙之塔"原也是人生过程中之一个驻足的所在，现在青年没有功夫在那塔里流连，一下子就被扯了出来，扯到惊涛骇浪的场面里去了。

  然而最令人心里惊异的是，早已到了该出"象牙之塔"的年龄的人，偏偏有些位还不出来，还在里面流连迷恋着！还想把所有的人都往这塔里招！

（原载1937年1月18日《北平晨报·文艺》第2期，署名子佳）

## 少年中国之精神 / 胡适

前番太炎先生话里面说现在青年的四种弱点,都是很可使我们反省的。他的意思是要我们少年人:一、不要把事情看得太容易了;二、不要妄想凭借已成的势力;三、不要虚慕文明;四、不要好高骛远。这四条都是消极的忠告。我现在且从积极一方面提出几个观念,和各位同志商酌。

### 一、少年中国的逻辑

逻辑即是思想、辩论、办事的方法。一般中国人现在最缺乏的就是一种正当的方法。因为方法缺乏,所以有下列的几种现象：（一）灵异鬼怪的迷信，如上海的盛德坛及各地的各种迷信；（二）谩骂无理的议论；（三）用诗云子曰作根据的议论；（四）把西洋古人当作无上真理的议论；还有一种平常人不很注意的怪状，我且称他为"目的热"，就是迷信一些空虚的大话，认为高尚的目的，全不问这种观念的意义究竟如何。今天有人说："我主张统一和平。"大家齐声喝彩，就请他做内阁总理。明天又有人说："我主张和平统一。"大家又齐声叫好，就举他做大总统。此外还有什么"爱国"哪，"护法"哪，"孔教"哪，"卫道"哪……许多空虚的名词；意义不曾确定，也都有许多人随声附和，认为天经地义，这便是我所说的"目的热"。以上所说各种现象都是缺乏方法的表示。我们既然自认为"少年中国"，不可不有一种新方法；这种新方法，应该是科学的方法；科学方法，不是我在这短促时间里所能详细讨论的，我且略说科学方法的要点：

第一，注重事实。

科学方法是用事实作起点的，不要问孔子怎么说，柏拉图怎么说，康德怎么说；我们须要先从研究事实下手，凡游历、调查、统计等事都属于此项。

第二，注重假设。

单研究事实，算不得科学方法。王阳明对着庭前的竹子做了七天的"格物"工夫，格不出什么道理来，反病倒了，这是笨伯的"格物"方法；科学家最重"假设"（Hypothesis）。观察事物之后，自说有几个假定的意思；我们应该把每一个假设所含的意义彻底想出，看那意义是否可以解释所观察的事实，是否可以解决所遇的疑难，所以要博学。正是因为博学方才可以有许多假设，学问只是供给我们种种假设的来源。

第三，注重证实。

许多假设之中，我们挑出一个，认为最合用的假设；但是这个假设是否真正合用，必须实地证明。有时候，证实是很容易的；有时候，必须用"试验"方才可以证实。证实了的假设，方可说是"真"的，方才可用。一切古人今人的主张、东哲西哲的学说，若不曾经过这一层证实的工夫，只可作为待证的假设，不配认作真理。

少年的中国，中国的少年，不可不时时刻刻保存这种科学的方法，实验的态度。

## 二、少年中国的人生观

现在中国有几种人生观都是"少年中国"的仇敌：第一种是醉

生梦死的无意识生活，固然不消说了。第二种是退缩的人生观，如静坐会的人，如坐禅学佛的人，都只是消极的缩头主义。这些人没有生活的胆子，不敢冒险，只求平安，所以变成一班退缩懦夫。第三种是野心的投机主义，这种人虽不退缩，但为完全自己的私利起见，所以他们不惜利用他人，作他们自己的器具，不惜牺牲别人的人格和自己的人格，来满足自己的野心；到了紧要关头，不惜作伪，不惜作恶，不顾社会的公共幸福，以求达他们自己的目的。这三种人生观都是我们该反对的。少年中国的人生观，依我个人看来，该有下列的几种要素：

第一，须有批评的精神。

一切习惯、风俗、制度的改良，都起于一点批评的眼光；个人的行为和社会的习俗，都最容易陷入机械的习惯，到了"机械的习惯"的时代，样样事都不知不觉地做去，全不理会何以要这样做，只晓得人家都这样做，故我也这样做，这样的个人便成了无意识的两脚机器，这样的社会便成了无生气的守旧社会，我们如果发愿要造成少年的中国，第一步便须有一种批评的精神；批评的精神不是别的，就是随时随地都要问我为什么要这样做，为什么不那样做。

第二，须有冒险进取的精神。

我们须要认定这个世界是很多危险的，定不太平的，是需要冒险的；世界的缺点很多，是要我们来补救的；世界的痛苦很多，是要我们来减少的；世界的危险很多，是要我们来冒险进取的。俗话说得好："成人不自在，自在不成人。"我们要做一个人，岂可贪图自在；我们要想造一个"少年的中国"，岂可不冒险。这个世界是给我们活动的大舞台，我们既上了台，便应该老着面皮，拚着头皮，大着胆子，干将起来；那些缩进后台去静坐的人都是懦夫，那些袖着双手只会看戏的人，也都是懦夫；这个世界岂是给我们静坐旁观的吗？那些厌恶这个世界梦想超生别的世界的人，更是懦夫，不用说了。

第三，须要有社会协进的观念。

上条所说的冒险进取，并不是野心的，自私自利的；我们既认定这个世界是给我们活动的，又须认定人类的生活全是社会的生活，社会是有机的组织，全体影响个人，个人影响全体，社会的活动是互助的，你靠他帮忙，他靠你帮忙，我又靠你同他帮忙，你同他又靠我帮忙；你少说了一句话，我或者不是我现在的样子，我多尽了一分力，你或者也不是你现在这个样子，我和你多尽了一分力，或少做了一点事，社会的全体也许不是现在这个样子，这便是社会协进的观念。有这个观念，我们自然把人人都看作同力合作的伴侣,自然会尊重人人的人格了;有这个观念,我们自然觉得我们的一举一动都和社会有关,自然不肯为社会造恶因,自然要努力为社会种善果,自然不致变成自私自利的野心投机家了。

少年的中国,中国的少年,不可不时时刻刻保存这种批评的、冒险进取的、社会的人生观。

### 三、少年中国的精神

少年中国的精神并不是别的,就是上文所说的逻辑和人生观;我且说一件故事做我这番谈话的结论:诸君读过英国史的,一定知道英国前世纪有一种宗教革新的运动,历史上称为"牛津运动"(The Oxford Movement),这种运动的几个领袖如客白尔(Keble)、纽曼(Newman)、福鲁德(Froude)(今译弗劳德)诸人,痛恨英国国教的腐败,想大大的改革一番;这个运动未起事之先,这几位领袖做了一些宗教性的诗歌写在一个册子上,纽曼摘了一句荷马的诗题在册子上,那句诗是You see the difference now that we are back again! 翻译出来即是:"如今我们回来了,你们看便不同了!"

少年的中国，中国的少年，我们也该时时刻刻记着这句话：如今我们回来了，你们看便不同了！

这便是少年中国的精神。

君子如玉
亦如铁

# 学生与社会 / 胡适

今天我同诸君所谈的题目是《学生与社会》。这个题目可以分两层讲：一、个人与社会；二、学生与社会。现在先说第一层。

## 一、个人与社会

（一）个人与社会有密切的关系，个人就是社会的出产品。我们虽然常说"人有个性"，并且提倡发展个性，其实个性于人，不过是千分之一，而千分之九百九十九全是社会的。我们的说话，是照社会的习惯发音；我们的衣服，是按社会的风尚为式样；就是我们的一举一动，无一不受社会的影响。

## 第二章
### 非学无以广才，非志无以成学

六年前我作过一首《朋友篇》，在这篇诗里我说："清夜每自思，此身非吾有；一半属父母，一半属朋友。"如今想来，这百分之五十的比例算法是错了。此身至少有千分之九百九十九是属于广义的朋友的。我们现在虽在此地，而几千里外的人，不少的同我们发生关系。我们不能不穿衣，不能不点灯，这衣服与灯，不知经过多少人的手才造成功的。这许多为我们制衣造灯的人，都是我们不认识的朋友，这衣与灯就是这许多人不认识的朋友给与我们的。

再进一步说，我们的思想、习惯、信仰……都是社会的出产品，社会上都说"吃饭"，我们不能改转来说"饭吃"。我们所以为我们，就是这些思想、信仰、习惯……这些既都是社会的，那么除开社会，还能有我吗？

这第一点内要义：我之所以为我，在物质方面，是无数认识与不认识的朋友的；在精神方面，是社会的，所谓"个人"差不多完全是社会的出产品。

（二）个人——我——虽仅是千分之一，但是这千分之一的"我"是很可宝贵的。普通一班的人，差不多千分之千都是社会的，思想、举动、言语、服食都是跟着社会跑。有一二特出者，有千分之一的我——个性，于跟着社会跑的时候，要另外创作，说人家未说的话，做人家不做的事。社会一班人就给他一个浑号，叫他

"怪物"。

怪物原有两种：一种是发疯，一种是个性的表现。这种个性表现的怪物，是社会进化的种子，因为人类若是一代一代地互相仿照，不有变更，那就没有进化可言了。唯其有些怪物出世，特立独行，做人不做的事，说人未说的话，虽有人骂他打他，甚而逼他至死，他仍是不改他的怪言、怪行。久而久之，渐渐地就有人模仿他了，由少数的怪，变为多数，更变而为大多数，社会的风尚从此改变，把先前所怪的反视为常了。

宗教中的人物，大都是些怪物，耶稣就是一个大怪物。当时的人都以为有人打我一掌，我就应该还他一掌。耶稣偏要说："有人打我左脸一掌，我应该把右边的脸转送给他。"他的言语、行为，处处与当时的习尚相反，所以当时的人就以为他是一个怪物，把他钉死在十字架上。但是他虽死不改其言行，所以他死后就有人尊敬他，爱慕、模仿他的言行，成为一个大宗教。

怪事往往可以轰动一时，凡轰动一时的事，起先无不是可怪异的。比如缠足，当初一定是很可怪异的，而后来风行了几百年。近来把缠小的足放为天足，起先社会上同样以为可怪，而现在也渐风行了。可见不是可怪，就不能轰动一时。社会的进化，纯是千分之一的怪物，可以牺牲名誉、性命，而做可怪的事、说可怪的话以演

## 第二章
### 非学无以广才,非志无以成学

成的。

社会的习尚,本来是革不尽,而也不能够革尽的,但是改革一次,虽不能达完全目的,至少也可改革一部分的弊习。譬如辛亥革命,本是一个大改革,以现在的政治社会情况看,固不能说是完全成功,而社会的弊习——如北京的男风,官家厅的公门……——附带革除的,实在不少。所以在实际上说,总算是进化得多了。

这第二点的要义:个人的成分,虽仅占千分之一,而这千分之一的个人,就是社会进化的原因。人类的一切发明,都是由个人一点一点改良而成功的。唯有个人可以改良社会,社会的进化全靠个人。

## 二、学生与社会

由上一层推到这一层,其关系已很明白。不过在文明的国家,学生与社会的特殊关系,当不大显明,而学生所负的责任,也不大很重。唯有在文明程度很低的国家,如像现在的中国,学生与社会的关系特深,所负的改良的责任也特重。这是因为学生是受过教育的人,中国现在受过完全教育的人,真不足千分之一,这千分之一受过完全教育的学生,在社会上所负的改良责任,岂不是比全数受过教育的国家的学生,特别重大吗?

教育是给人戴一副有光的眼镜,能明白观察;不是给人穿一件锦绣的衣服,在人前夸耀。未受教育的人是近视眼,没有明白的认识、远大的视力;受了教育,就是近视眼戴了一副近视镜,眼光变了,可以看明清楚远大。学生读了书,造下学问,不是为要到他的爸爸面前,要吃肉菜,穿绸缎,是要认他爸爸认不得的,替他爸爸说明,来帮他爸爸的忙。他爸爸不知道肥料的用法、土壤的选择,他能知道,告诉他爸爸,给他爸爸制肥料、选土壤,那他家中的收获,就可以比别人家多出许多了。

从前的学生都喜欢戴平光的眼镜,那种平光的眼镜戴如不戴,不是教育的结果。教育是要人戴能看从前看不见,并能看人家看不见的眼镜。我说社会的改良,全靠个人,其实就是靠这些戴近视镜,能看人所看不见的个人。

从前眼镜铺不发达,配眼镜的机会少,所以近视眼,老是近视看不远。现在不然了,戴眼镜的机会容易得多了,差不多是送上门来,让你去戴。若是我们不配一副眼镜戴,那不是自弃吗?若是仅戴一副看不清、看不远的平光镜,那也是可耻的事呀。

这是一个比喻,眼镜就是知识,学生应当求知识,并应当求其所要的知识。

## 第二章
### 非学无以广才,非志无以成学

戴上眼镜,往往容易招人家厌恶。从前是近视眼,看不见人家脸上的麻子,戴上眼镜,看见人家脸上有麻子,就要说:"你是个麻子脸。"有麻子的人,多不愿意别人说他的麻子。要听见你说他是麻子,他一定要骂你,甚而或许打你。这一改意思,就是说受过教育,就认识清社会的恶习,而发不满意的批评。这种不满意社会的批评,最容易引起社会的反感。但是人受教育,求知识,原是为发现社会的弊端,若是受了教育,而对于社会仍是处处觉得满意,那就是你的眼镜配错了光了,应该返回去审查一审查,重配一副光度合适的才好。

从前格里林(即伽利略)因人家造的望远镜不适用,他自己造了一个扩大几百倍的望远镜,能看木星现象。他请人来看,而社会上的人反以为他是魔术迷人,骂他为怪物,革命党,几乎把他弄死。他惟其不屈不挠,不可抛弃他的学说,停止他的研究,而望远镜竟成为今日学问上、社会上重要的东西了。

总之,第一要有知识,第二要有图书。若是没有骨子便在社会上站不住。有骨子就是有奋斗精神,认为是真理,虽死不畏,都要去说去做。不以我看见我知道而已,还要使一班人都认识,都知道。由少数变为多数,由多数变为大多数,使一班人都承认这个真理。譬如现在有人反对修铁路,铁路是便利交通,有益社会的,你们应该站在房上喊叫宣传,使人人都知道修铁路的好处。若是有人厌恶你们,阻挡你们,你们就要拿出奋斗的精神,与他抵抗,非把你们的目的达到。不止你们的喊叫宣传,这种奋斗的精神,是改造社会绝不可少的。

二十年前的革命家,现在哪里去了?他们的消灭不外两个原因:(1)眼镜不适用了。二十年前的康有为是一个出风头的革命家,不怕死的好汉子。现在人都笑他为守旧、老古董,都是由他不去把不适用的眼镜换一换的缘故。(2)无骨子。有一班革命家,骨子软了,人家给他些钱,或给他一个差事,教他不要干,他就不敢干了。没有一种奋斗精神,不能拿出"你不要我干,我偏要干"的决心,所以都消灭了。

我们学生应当注意的就是这两点。眼镜的光若是不对了,就去换一副对的来戴;摸着脊骨软了,要吃一点硬骨药。

我的话讲完了,现在讲一个故事来作结,易卜生所作的《国民公敌》(即《人民公敌》)一剧,写一个医生司铎门(今译斯多克芒)发现了本地浴场的水里有传染病菌,他还不敢自信,请一位大学教授代为化验,果然不错。他就想要去改良他。不料浴场董事和一班股东因为改造浴池要耗费资本,拼死反对,他的老大哥与他的老丈人也都多方地以情感利诱,但他总是不可软化。他于万分困难之下设法开了一个公民会议,报告他的发明。会场中的人不但不听他的老实话,还把他赶出场去,裤子撕破,宣告他为国民公敌。他气愤不过,说:"出去争真理,不要穿好裤子。"他是真有奋斗精神、能够特立独行的人,于这种逼迫之下还是不少退缩。他说:"世界最有强力的人就是那最孤立的人。"我们要改良社会,就要学这"争真理不穿好裤子"的态度,相信这"最孤立的人是最有强力的人"的明言。

本文为1922年2月19日胡适在平民中学的演讲,半尘节记。

(原载1922年3月10日《共进》半月刊第11期)

君子如玉
亦如铁

## 爱国运动与求学 / 胡适

当五月七日北京学生包围章士钊宅，警察拘捕学生的事件发生以后，北京各学校的学生团体即有罢课的提议。有些学校的学生因为北大学生会不曾参加五七的事，竟在北大第一院前辱骂北大学生不爱国。北大学生也有很愤激的，有些人竟贴出布告攻击北大代理校长蒋梦麟媚章媚外。然而几日之内，北大学生会举行总投票表决罢课问题，共投一千一百多票。反对罢课者八百余票，这件事真使一班留心教育问题的人心里欢喜。可喜的不在罢课案的被否决，而在：一、投票之多，二、手续的有秩序，三、学生态度的镇静。我的朋友高梦旦在上海读了这段新闻，写了一封长信给我，讨论此事，说，这样做去，便是在求学的范围以内做救国的事业，可算是

## 第二章
### 非学无以广才,非志无以成学

在近年学生运动史上开一个新纪元。——只可惜我还没有回高先生的信,上海五卅的事件已发生了,前二十天的秩序与镇静都无法维持了。于是六月三日以后,全国学校遂都罢课了。

这也是很自然的。在这个时候,国事糟到这步田地,外间的刺激这么强:上海的事件未了,汉口的事件又来了,接着广州、南京的事件又来了:在这个时候,许多中年以上的人尚且忍耐不住,许多六十老翁尚且要出来慷慨激昂地主张宣战,何况这无数的少年男女学生呢?

我们观察这七年来的"学潮",不能不算民国八年的五四事件与今年的五卅事件为最有价值。这两次都不是有什么作用,事前预备好了然后发动的;这两次都只是一般青年学生的爱国血诚,遇着国家的大耻辱,自然爆发,纯然是烂漫的天真,不顾利害地干将去,这种"无所为而为"的表示是真实的,可敬爱的。许多学生都是不愿意牺牲求学的时间的;只因为临时发生的问题太大了,刺激太强烈了,爱国的感情一时迸发,所以什么都顾不得了:功课也不顾了,秩序也不顾了,辛苦也不顾了。所以北大学生总投票表决不罢课之后,不到二十天,也就不能不罢课了。二十日前不罢课的表决可以表示学生不愿意牺牲功课的诚意;二十日后毫无勉强地罢课参加救国运动,可以证明此次学生运动的牺牲的精神。这并非前后矛盾：有了前回的不愿牺牲，方才更显出后来的牺牲之难能而可贵。岂但北大一校如此？国中无数学校都有这样的情形。

但群众的运动总是不能持久的。这并非中国人的"虎头蛇尾""五分钟的热度"。这是世界人类的通病。所谓"民气"，所谓"群众运动"，都只是一时的大问题刺激起来的一种感情上的反应。感情的冲动是没有持久性的；无组织又无领袖的群众行动是最容易松散的。我们不看见北京大街的墙上大书着"打倒英日""不要五分钟的热度"吗？其实写那些大字的人，写成之后，自己看着很满意，他的"热度"早已消除大半了；他回到家里，坐也坐得下了，睡也睡得着了。所谓"民气"，无论在中国在欧美，都是这样：突然而来，倏然而去。几天一次的公民大会，几天一次的示威游行，虽然可以勉强多维持一会儿，然而那回天安门打架之后，国民大会也就不容易召集了。

我们要知道，凡关于外交的问题，民气可以督促政府，政府可以利用民气；民气与政府相为声援方才可以收效。没有一个像样的政府，虽有民气，终不能单独成功。因为外国政府决不能直接和我们的群众办交涉；民众运动的影响（无论是一时的示威或是较有组织的经济抵制）终是间接的。一个健全的政府可以利用民气作后

## 第二章
### 非学无以广才，非志无以成学

盾，在外交上可以多得胜利，至少也可以少吃点亏。若没有一个能运用民气的政府，我们可以断定民众运动的牺牲的大部分是白白地糟蹋了的。

倘使外交部于六月二十四日同时送出沪案及修改条约两照会之后即行负责交涉，那时民气最盛，海员罢工的声势正大，沪案的交涉至少可以得一个比较满人意的结果。但这个政府太不像样了：外交部不敢自当交涉之冲，却要三个委员来代肩末梢；三个委员都是很聪明的人，也就乐得三揖三让，延搁下去。他们不但不能用民气，反惧怕民气了！况且某方面的官僚想借这风潮延长现政府的寿命；某方面的政客也想借这问题延缓东北势力的侵逼。他们不运用民气来对付外人，只会利用民气来便利他们自己的志气！于是一误，再误，至于今日，沪案及其它关连之各案丝毫不曾解决，而民气却早已成了强弩之末了！

上海的罢工本是对英日的，现在却是对邮政当局、商务印书馆、中华书局了。北京的学生运动一变而为对付杨荫榆，又变而为对付章士钊了。广州对英的事件全未了结，而广州城却早已成为共产与反共产的血战场了。三个月的"爱国运动"的变相竟致如此！

这时候有一件差强人意的事，就是全国学生总会议决秋季开学后各地学生应一律到校上课，上课后应努力于巩固学生会的组织，为民众运动的中心。北京学联会也决议北京各校同学于开学前务必到校，一面上课，一面仍继续进行。

这是很可喜的消息。全国学生总会的通告里并且有"五卅运动并非短时间所可解决"的话。我们要为全国学生下一转语：救国事业更非短时间所能解决：帝国主义不是赤手空拳打得倒的；"英日强盗"也不是几千万人的喊声咒得死的。救国是一件顶大的事业：排队游街，高喊着"打倒英日强盗"，算不得救国事业；甚至于砍下手指写血书，甚至于蹈海投江，杀身殉国，都算不得救国的事业。救国的事业须要有各色各样的人才；真正的救国的预备在于把自己造成一个有用的人才。

易卜生说的好：真正的个人主义在于把你自己这块材料铸造成个东西。

他又说：有时候我觉得这个世界就好像大海上翻了船，最要紧的是救出我自己。在这个高唱国家主义的时期，我们要很诚恳的指出：易卜生说的"真正的个人主义"正是到国家主义的惟一大路。救国须从救出你自己下手！

## 第二章
### 非学无以广才,非志无以成学

学校固然不是造人才的惟一地方,但在学生时代的青年却应该充分地利用学校的环境与设备来把自己铸造成个东西。我们须要明白了解:

救国千万事,何一不当为?

而吾性所适,仅有一二宜。

认清了你"性之所近,而力之所能勉"的方向,努力求发展,这便是你对国家应尽的责任,这便是你的救国事业的预备工夫。国家的纷扰,外间的刺激,只应该增加你求学的热心与兴趣,而不应该引诱你跟着大家去呐喊,呐喊救不了国家。即使呐喊也算是救国运动的一部分,你也不可忘记你的事业有比呐喊重要十倍百倍的。你的事业是要把你自己造成一个有眼光有能力的人才。

你忍不住吗?你受不住外面的刺激吗?你的同学都出去呐喊了,你受不了他们的引诱与讥笑吗?你独坐在图书馆里觉得难为情吗?你心里不安吗?——这也是人情之常,我们不怪你:我们都有忍不住的时候。但我们可以告诉你一两个故事,也许可以给你一点鼓舞:——德国大文豪哥德(Goethe)(即歌德)在他的年谱里(英译本页一八九)曾说,他每遇着国家政治上有大纷扰的时候,他便用心去研究一种绝不关系时局的学问,使他的心思不致受外界的扰乱。所以拿破仑的兵威逼迫德国最厉害的时期里，哥德天天用功研究中国的文物。又当利俾瑟之战的那一天哥德正关着门，做他的名著Essex（《埃塞克斯》）的"尾声"。

德国大哲学家费希特（Fichte）是近代国家主义的一个创始者。然而他当普鲁士被拿破仑践破之后的第二年（1807）回到柏林，便着手计划一个新的大学——即今日之柏林大学。那时候，柏林还在敌国驻兵的掌握里。费希特在柏林继续讲学，在很危险的环境里发表他的《告德意志民族》（To the German Nation）。往往在他讲学的堂上听得见敌人驻兵操演回来的声。他这一套讲演——《告德意志民族》——忠告德国人不要灰心丧志，不要惊慌失措；他说，德意志民族是不会亡国的；这个民族有一种天赋的使命，就是要在世间建立一个精神的文明——德意志的文明，他说：这个民族的国家是不会亡的。

后来费希特计划的柏林大学变成了世界的二个最有名的学府；他那部《告德意志民族》不但变成了德意志帝国建国的一个动力，并且成了十九世纪全世界的国家主义的一种经典。

上边的两段故事是我愿意介绍给全国的青年男女学生的。我们不期望人人都做哥德与费希特。我们只希望大家知道：在一个扰攘

第二章
非学无以广才，非志无以成学

纷乱的时期里跟着人家乱跑乱喊，不能就算是尽了爱国的责任，此外还有更难更可贵的任务：在纷乱的喊声里，能立定脚跟，打定主意，救出你自己，努力把你这块材料铸造成个有用的东西！

君子如玉
亦如铁

## 热风·随感录四十一 / 鲁迅

从一封匿名信里看见一句话,是"数麻石片"(原注江苏方言),大约是没有本领便不必提倡改革,不如去数石片的好的意思。因此又记起了本志通信栏内所载四川方言的"洗煤炭",想来别省方言中,相类的话还多;守着这专劝人自暴自弃的格言的人,也怕并不少。

凡中国人说一句话,做一件事,倘与传来的积习有若干抵触,须一个斤斗便告成功,才有立足的处所;而且被恭维得烙铁一般热,否则免不了标新立异的罪名,不许说话;或者竟成了大逆不道,为天地所不容。这一种人,从前本可以夷到九族,连累邻居;现在却不过是几封匿名信罢了。但意志略略薄弱的人便不免因

## 第二章
### 非学无以广才，非志无以成学

此萎缩，不知不觉的也入了"数麻石片"党。

所以现在的中国，社会上毫无改革，学术上没有发明，美术上也没有创作；至于多人继续的研究，前仆后继的探险，那更不必提了。

国人的事业，大抵是专谋时式的成功的经营，以及对于一切的冷笑。

但冷笑的人，虽然反对改革，却又未必有保守的能力：即如文字一面，白话固然看不上眼，古文也不甚提得起笔。照他的学说，本该去"数麻石片"了；他却又不然，只是在莫名其妙的冷笑。

中国的人，大抵在如此空气里成功，在如此空气里萎缩腐败，以至老死。

我想，人猿同源的学说，大约可以毫无疑义了。

但我不懂，何以从前的古猴子，不都努力变人，却到现在还留着子孙，变把戏给人看。还是那时竟没有一匹想站起来学说人话呢？还是虽然有了几匹，却终被猴子社会攻击他标新立异，都咬死了，所以终于不能进化呢？

尼采式的超人，虽然太觉渺茫，但就世界现有人种的事实看来，却可以确信将来总有尤为高尚尤近圆满的人类出现。到那时候，类人猿上面，怕要添出"类猿人"这一个名词。

所以我时常害怕，愿中国青年都摆脱冷气，只是向上走，不必听自暴自弃者流的话。能做事的做事，能发声的发声。有一分热，发一分光，就令萤火一般，也可以在黑暗里发一点光，不必等候炬火。

此后如竟没有炬火：我便是唯一的光。倘若有了炬火，出了太阳，我们自然心悦诚服的消失，不但毫无不平，而且还要随喜赞美这炬火或太阳；因为他照了人类，连我都在内。

我又愿中国青年都只是向上走，不必理会这冷笑和暗箭。

尼采说："真的，人是一个浊流。应该是海了，能容这浊流使他干净。"

"咄，我教你们超人：这便是海，在他这里，能容下你们的大侮蔑。"（《札拉图如是说》的序言第三节）

纵令不过一洼浅水，也可以学学大海；横竖都是水，可以相通。几粒石子，任他们暗地里掷来：几滴秽水，任他们从背后泼来就是了。

这还算不到"大侮蔑"——因为大侮蔑也须有胆力。

（原载1919年1月15日《新青年》第6卷第1号）

# 做文与做人 / 林语堂

## 一、做文可,做人亦可,做文人不可

向来在中国文人之地位很高,但是高的都是死后,在生前并不高到怎样。我们有句老话,叫做"词穷而后工",好像不穷不能做诗人。辜鸿铭潦倒以终世,我们看见他死了,所以大家说他是好人,而与以相当的同情,但是辜鸿铭倘尚活着,则非挨我们笑骂不可。我们此刻开口苏东坡,闭口白居易,但是苏东坡生时是要贬流黄州,大家好像好意迫他穷,成就他一个文人,死后尚且一时诗文在禁。白居易生时,妻子就看不大起他,知音者只有元稹、邓鲂、唐衢几人。所以文人向例是偃蹇不遂的。偶尔生活较安适,也是一桩罪过。所以文人实在没有什么做头。我劝诸位,能做军阀为上策;其次做官,成本轻,利息厚;再其次,入商,卖煤也好,贩酒也好。若真没事可做,才来做文章。

## 二、文人与穷

我反对这文人应穷的遗说。第一,文人穷了,每好卖弄其穷,一如其穷已极,故其文亦已工,接着来的就是一些什么浪漫派、名士派、号啕派、怨天派;第二,为什么别人可以生活舒适,文人便不可生活舒适?颜渊在陋巷固然不改其忧,然而颜渊居富第也未必便成坏蛋;第三,文人穷了,于他实在没有什么好处,在他人看来很美,死后读其传略,很有诗意,在生前断炊是没有什么诗意。这犹如我不主张红颜薄命,与其红颜而薄命,不如厚福而不红颜。在故事中讲来非常缠绵凄恻,身历其境,却不甚妙。我主张文人也应跟常人一样,故不主张文人应特别穷之说。这文人与常人两样的基本观念是错误,其流祸甚广,这是应当纠正的。

我们想起文人,总是一副穷形极相。为什么这样呢?这可分出好与不好两面来说。第一,文人不大安分守己,好评是非。人生在世,应当马马虎虎,糊糊涂涂,才会腾达,才有福气,文人每每是

## 第二章
### 非学无以广才，非志无以成学

非辨得太明，泾渭分得太清。黛玉最大的罪过，就是她太聪明。所以红颜每多薄命，文人亦多薄命。文人遇有不合，则远引高蹈，扬袂而去，不能同流合污下去，这是聪明所致。二则，文人多半是书呆，不治生产，不通世故，尤不肯屈身事仇，卖友求荣，所以偃蹇是文人自招的。然而这都还是文人之好处。尚有不大好处，就是文人似女人。第一，文人薄命与红颜薄命相同，我已说过。第二，文人好相轻，与女人互相评头品足相同。世上没有在女人目中十全的美人，一个美人走出来，女性总是评她，不是鼻子太扁，便是嘴太宽，否则牙齿不齐，再不然便是或太长或太短，或太活泼，或太沉默。文人相轻也是此种女子入宫见妒的心理。军阀不来骂文人，早有文人自相骂。一个文人出一本书，便有另一文人处心积虑来指摘。你想他为什么出来指摘，就是要献媚，说你皮肤不嫩，我姓张的比你嫩白；你眉毛太粗，我姓李的眉毛比你秀丽。于是白话派骂文言派，文言派骂白话派，民族文学派骂普罗，普罗骂第三种人，大家争营对垒，成群结党，一枪一矛，街头巷尾，报上屁股，互相臭骂，叫武人见了开心，等于妓院打出全武行，叫路人看热闹。文人不敢骂武人，所以自相骂以出气，这与向来妓女骂妓女，因为不敢骂嫖客一样道理。原其心理，都是大家要取媚于世。第三，妓女可以叫条子，文人亦可以叫条子。今朝事秦，明朝事楚，事秦事楚皆不得，则于心不安。武人一月出八十块钱，你便可以以大挥如椽之笔为之效劳。三国时候，陈孔璋投袁绍，做起文章骂曹操为豺狼，后来投到曹家，做起檄来，骂袁绍为蛇虺。文人地位到此已经丧尽，比妓女不相上下，自然叫人看不起。

## 三、所谓名士派与激昂派

我主张文人亦应规规矩矩做人，所以文人种种恶习，若寒，若懒，若借钱不还，我都不赞成。好像古来文人就有一些特别坏脾气，特别颓唐，特别放浪，特别傲慢，特别矜夸。因为向来有寒士之名，所以寒士二字甚有诗意，以寒穷傲人；不然便是文人应懒，什么"生性疏懒"，听来甚好，所以想做文人的人，未学为文，先学疏懒（毛病在中国文字"慵""疴"诸字太风雅了）。再不然便是傲慢，名士好骂人，所以我来骂人，也可成为名士。诸如此类，不一而足。这都不是好习气。这里大略可分为二派：一名士派，二激昂派。名士派是旧的，激昂派是新的。大概因为文人一身傲骨，自命太高，把做文与做人两事分开，又把孔夫子的道理倒栽。不是行有余力，则以学文；而是既然能文，便可不顾细行。做了两首诗，便自命为诗人，写了两篇文，便自诩为名士。在他自己

## 第二章
### 非学无以广才,非志无以成学

的心目中,他已不是常人了,他是一个文豪,而且是了不得的文豪,可以不做常人。于是人家剃头,他便留长发;人家扣纽扣,他便开胸膛;人家应该勤谨,他应该疏懒;人家应该守礼,他应该傲慢,这样才成一个名士,自号名士,自号狂生,自号才子,都是这一类人,这样不真在思想上用功夫,在写作上求进步,专学上文人的恶习气,文字怎样好,也无甚足取。况且在真名士,一身潇洒不羁,开口骂人而有天才,是多少可以原谅,虽然我认为真可不必。而在无才的文人,学上这种恶习,只令人作呕。要知道诗人常狂醉,但是狂醉不是诗人,才子常风流,但是风流未必就是才子。李白可以散发泛扁舟,但是散发者未必便是李白。中外名士每每有此种习气,像王尔德一派便是以大红背心炫人的,劳伦斯也主张男人穿红裤子。红背心、红裤子原来都是一种愤世嫉俗的表示,但是我想这都可以不必。文人所以常被人轻视,就是这样装疯,或衣履不整,或约会不照时刻,或办事不认真。但健全的才子,不必靠这些阴阳怪气作点缀。好像头一剃,诗就会好。胡须生虱子,就自号为王安石;夜夜御女人,就自命为纪晓岚。为什么你本来是一个好好有礼的人,一旦写两篇文章,出一本文集,就可以对人无礼?为什么你是规规矩矩的子弟,一旦做文人,就可以诽谤长上,这是什么道理?这种地方,小有才的人尤应谨慎,说来说

君子如玉
亦如铁

去,都是空架子,一揭穿不值半文钱。其缘由不是他才比人高,实是神经不健全,未受教训,易发脾气。一般也是因为小有才的人,写了两篇诗文,自以为不朽杰作,吟哦自得,"一事惬当,一句清巧,神厉九霄,志凌千载,自吟自赏,不觉更有旁人"。彼辈若能对自己幽默一下,便不会发这神经病。

名士派是旧的,激昂派是新的。这并不是说古昔名士不激昂,是说现代小作家有一特别坏脾气,动辄不是人家得罪他,便是他得罪人家;而由他看来,大半是人家得罪他。再不然,便是他欺侮人家,或人家欺侮他,而由他看来,大半是人家欺侮他。欺侮是文言,白话叫做压迫。牛毛大一件事,便呼天喊地,叫爷叫娘,因为人家无意中得罪他,于是社会是罪恶的,于是中国非亡不可。这也是与名士派一样神经不健全,将来吃苦的,不是万恶的社会,"也不是将亡的中国",而是这位激昂派的诗人自身。你想这样到处骂人的人,就是文字十分优美,有谁敢用,所以常要弄到失业,然后怨天尤人,诅咒社会。这种人跳下黄浦,也于社会无损。这种人跳下黄浦,叫做不幸,拉他起来,叫做罪过。这是"不幸"与"罪过"之不同。毛病在于没受教育。所谓教育,不是说读书,因为他们书读得不少,是说学做人的道理。

所以新青年常患此种毛病,一因在新旧交流青黄不接之时,青

## 第二章
### 非学无以广才，非志无以成学

年侮视家长，侮视师傅以为常，没有家教，又没有师教，于是独往独来，天地之间，惟我一人，通常人情世故之ABC尚不懂。我可举一极平常的例，有一青年住在一老年作家的楼下，这位老作家不但让他住，还每月给他二十块钱用，后来青年再要向老作家要钱，认为不平等，他说你每月进款有三百元，为什么只给我二十元，于是他咒骂老作家压迫他，甚至做文章骂他，这文章就叫做激昂派的文章。又有一名流到上海，有一青年去见他，这位名流从二时半等到五时，不见他来，五时半接到一封大骂他的信，讥他失约。这也是激昂派的文章。这都是我朋友亲历的事，我个人也常有相同的经验。有的因为投稿不登出来，所以认为我没有人格，欺侮无名作者，所以中国必亡。这习惯要不得的，将来只有贻害自己。大概今日吃苦的商店学徒礼貌都在大学生之上，人情事理也比青年作家通达。所以我如果有什么机关，还是敢用商店学徒，而不敢用激昂派青年。一个人在世上总得学学做人的道理。以上我说这是因为现代青年在家不敬长上失了家教，另一理由便是所谓现代文学的浪漫潮流，情感都是怒放的，而且印刷便利，刊物增加，于是你也是作家，我也是作家，而且文学都是愤慨，结果把人人都骂倒了，只剩他一人在负救国之责任。一人救不了国，责任太重，所以言行中也不时露出愤慨之情调，这也是无可如何的。就是所谓乱世之音。并不是说青年一愤慨,世就会乱起来,是说世已乱了,所以难免有哀怨之音。大概何时中国飞机打到东京去,中国战舰猛轰伦敦之时,大家也就有了盛世之风,不致处处互相轻鄙,互相对骂出气了。

## 四、唯美派

其次,有所谓唯美派,就是所谓"为艺术而艺术",这唯美派是假的,所以我不把他算为真正一派。西洋穿红背心红裤子之文人,便属此类。我看不出为艺术而艺术有什么道理,虽然也不与主张"为人生而艺术"的人意见相同,不主张惟有宣传主义的文学,才是文学。

世人常说有两种艺术,一为为艺术而艺术,一为为人生而艺术;我却以为只有两种,一为为艺术而艺术,一为为饭碗而艺术。不管你存意为人生不为人生,艺术总跳不出人生的。文学凡是真的,都是反映人生,以人生为题材。要紧是成艺术不成艺术,成文学不成文学。要紧不是阿Q时代过去未过去,而是阿Q写得活灵活现不;写得活灵活现,就是反映人生。《金瓶梅》你说是淫书,但是《金瓶梅》写得逼真,所以自然而然能反映晚明时代的市井无赖及土豪劣绅,先别说他是讽刺非讽刺,但先能入你的心,而成一种力量。白居易是为人生而文学者,他看不起嘲风雪,弄花草的诗文,他自评自己的诗,以讽谕诗及闲适诗为上,且不满意世俗之赏识他的杂律诗——《长恨歌》。讽谕诗,你说是为人生而艺术是好的,但是他的闲适诗,你以为是消沉放逸,但何尝不是怡养性情有关人生之作,哀思为人生之一部,怡乐亦人生之一部。白居易有讽谕诗,没有闲适诗,就不成其为白居易。

因为凡文学都反映人生,所以若是真艺术都可以说是反映人生,虽然并不一定呐喊,所以只有真艺术与假艺术之别,就是为艺术而艺术,及为饭碗而艺术。比方照相,有人为照相而照相,有人是为饭碗而照相。为照相而照相是素人,是真得照相之趣,为饭碗而照相,是照相家,是照他人的老婆的相来养自己的老婆。文人走上这路,就未免常要为饭碗而文学,而结果口不从心,只有产生假文学。今天吃甲派的饭,就骂乙派;明天吃乙派的饭,就骂甲派,这叫做想做文人,而不想做人,就是走上陈孔璋之路,也是走上文妓之路。这样的文人,无论你如何开口救国,闭口大众,面孔如何庄严,笔下如何心恶幽默,必使文风日趋于卑下。在救国之喊声中,自己已暴露亡国奴之穷相来。文风卑鄙,文风虚伪,这是真正亡国之音。

## 五、我看人行径不看人文章

因为有这种种假文学，所以我近来不看人文章，只看人的行径。这样把道德与文章混为一谈，似乎不合理。但是此中有个分别。创作的文学，只以文学之高下为标准，但是理论的文学，却要看其人能不能言顾其行。我很看不起阮大铖之为人，但是仍可以喜欢他的《燕子笺》。这等于说比如我的厨子与人通奸，而他做的点心仍然可以很好吃。一人能出一部小说杰作，即使其人无甚足取，我还是要看。但是在讲理与批评满口道学的文章就不同，其人不足论，则其文不足观。这就是所谓载道文章最大的危险。一人若不先在品格上、修养上下工夫，就会在文章上暴露其卑劣的品性，现代文人最好骂政客无廉耻，自己就得有廉耻。前几年福建有地方政府勒收烟苗捐，报上文章大家挥毫痛骂烟毒，说鸦片可以亡国灭种，后来一家报馆每月领了七十五元，大家就鸦雀无声。这样鼓吹礼义廉耻是鼓吹不来的。舆论的地位是高于政界，开口骂人亦甚痛快，但是政客一月七十五元就可以把你封嘴，也不见得清高到怎样地步。文人自己鲜廉寡耻，怎么配来讥讽政府鲜廉寡耻。你骂政客官僚投机，也得照照自己的脸孔，是不是投机。你骂政府贪污，自己就不要克扣稿费，不要取津贴。将来中国得救，还是从各人身体力行自修其身救出来的。你骂官僚植党营私,就得看明你自己是不是狐群狗党。你骂资本主义,自己应会吃苦,不要势利,做骗子。你骂他人读古书,自己不要教古文,偷看古书。你骂吴稚晖、蔡元培、胡适之老朽,你自己也得打算有吴稚晖、蔡元培、胡适之的地位,能不能有这样操持。你骂袁中郎消沉,你也得自己照照镜子,做个京官,能不能像袁中郎之廉洁自守,兴利除弊。不然天下的人被你骂完了,只剩你一个人,那岂不是很悲观的现象?

## 六、文字不好无妨,人不可不做好

这样说来,文人还做得么?所以我向来不劝人做文人,只要做人便是。颜之推家训中说过:"但成学士,亦足为人,必乏天才,勿强操笔。"你们要明白,不做文人,还可以做人,一做文人,做人就不甚容易。如果不做文人,而可以做人,也算不愧父母之养育师傅之教训。子夏所谓贤与不贤,事父母能竭其力,事君能致其身,与朋友交,言而有信,虽曰未学,吾必谓之学矣。孔子所谓行有余力,则以学文。可见行字重要在文字之上。文做不好有什么要紧?人却不可不做好。

# 君子如玉
## 亦如铁

我想行字是第一,文字在其次。行如吃饭,文如吃点心。单吃点心,不吃饭是不行的。现代人的毛病就是把点心当饭吃,文章非常庄重,而行为非常幽默。中国的幽默大家不是苏东坡,不是袁中郎,不是东方朔,而是把一切国事当儿戏,把官厅当家祠,依违两可,昏昏冥冥生子生孙,度此一生的人。我主张应当反过来,做人应该规矩一点,而行文不妨放逸些。你能一天苦干,能认真办铁路,火车开准时刻;或认真办小学,叫学生得实益,到了晚上看看小说,国不会亡的,就是看梅兰芳、杨小楼,甚至到跳舞场拥舞女,国也不会亡。文学不应该过于严肃枯燥,过于严肃无味,人家就看不下去。因为文学像点心,不妨精雅一点,技巧一点。做人道理却应该认清。

但是在下还有一句话。我劝诸位不要做文人,因为做文人非遭同行臭骂不可,但是有人性好文学,总要掉弄文墨。既做文人,而不预备成为文妓,就只有一道,就是带一点丈夫气,说自己胸中的话,不要取媚于世,这样身份自会高。要有点胆量,独抒己见,不随波逐流,就是文人的身份。所言是真知灼见的话,所见是高人一等之理,所写是优美动人的文,独往独来,存真保诚,有气骨,有识见,有操守,这样的文人是做得的。袁中郎说得好:"物之传者必以质(质就是诚实,不空疏,有自己的见地,这是由思与学炼来的），文之不传，非不工也；树之不实，非无花叶也；人之不泽，非无肤发也，文章亦尔。（一人必有一人忠实的思想骨干，文字辞藻都是余事。）行世者必真，悦俗者必媚，真久必见，媚久必厌，自然之理也。"这样就同时可以做文人，也可以做人。

君子如玉
亦如铁

## 论读书 / 林语堂

——十二月八日复旦大学演讲稿,又同月十三日大夏大学演讲

本篇演讲只是谈谈本人对于读书的意见,并不是要训勉青年,亦非敢指导青年。所以不敢训勉青年有两种理由:第一,因为近来常听见贪官污吏到学校致训词,叫学生须有志操,有气节,有廉耻;也有卖国官僚到大学演讲,劝学生要坚忍卓绝,做富贵不能淫威武不能屈的大丈夫。孟子曰,人之患在好为人师,料想战国的土豪劣绅亦必好训勉当时的青年,所以激起孟子这样不平的话。第二,读书没有什么可以训勉。世上会读书的人,都是书拿起来自己会读。不会读书的人,亦不曾因为指导而变为会读。譬如数学,出五个问题叫学生去做,会做的人是自己脑里做出来的,并非教员教

## 第二章
### 非学无以广才,非志无以成学

他做出,不会做的人经教员指导,这一题虽然做出,下一题仍旧非指导不可,数学并不会因此高明起来。我所要讲的话于你们本会读书的人,没有什么补助;于你们不会读书的人,也不会使你们变为善读书。所以今日谈谈,亦只是谈谈而已。

读书本是一种心灵的活动,向来算为清高。"万般皆下品,惟有读书高。"所以读书向称为雅事乐事。但是现在雅事乐事已经不雅不乐了。今人读书,或为取资格,得学位,在男为娶美女,在女为嫁贤婿;或为做老爷,踢屁股;或为求爵禄,刮地皮;或为做走狗,拟宣言;或为写讣闻,做贺联;或为当文牍,抄账簿;或为做相士,占八卦;或为做塾师,骗小孩……诸如此类,都是借读书之名,取利禄之实,皆非读书本旨。亦有人拿父母的钱,上大学,跑百米,拿一块大银盾回家,在我是看不起的,因为这似乎亦非读书的本旨。

今日所谈,亦非指学堂中的读书,亦非指读教授所指定的功课,在学校读书有四不可。(一)所读非书。学校专读教科书,而教科书并不是真正的书。今日大学毕业的人所读的书极其有限。然而读一部《小说概论》,到底不如读《三国》《水浒》;读一部历史教科书,不如读《史记》。(二)无书可读。因为图书馆存书不多,可读的书极有限。(三)不许读书。因为在课室看书,有犯校规，例所不许。倘是一人自晨至晚上课，则等于自晨至晚被监禁起来，不许读书。（四）书读不好。因为处处受注册部干涉，毛孔骨节，皆不爽快。且学校所教非慎思明辨之学，乃记问之学。记问之学不足为人师，《礼记》早已说过。书上怎样说，你便怎样答，一字不错，叫做记问之学。倘是你能猜中教员心中要你如何答法，照样答出，便得一百分，于是沾沾自喜，自以为西洋历史你知道一百分，其实西洋历史你何尝知道百分之一。学堂所以非注重记问之学不可，是因为便于考试。如拿破仑生卒年月，形容词共有几种，这些不必用头脑，只需强记，然学校考试极其便当，差一年可扣一分；然而事实上与学问无补，你们的教员，也都记不得。要用时自可在百科全书上去查。又如罗马帝国之亡，有三大原因，书上这样讲，你们照样记，然而事实上问题极复杂。有人说罗马帝国之亡，是亡于蚊子（传布寒热疟），这是书上所无的。

今日所谈的是自由的看书读书；无论是在校，离校，做教员，做学生，做商人，做政客，有闲必读书。这种的读书，得以开茅塞，除鄙见，得新知，增学问，广识见，养性灵。人之初生，都是好学好问，及其长成，受种种的俗见俗闻所蔽，毛孔骨节，如有一层包膜，失了聪明，逐渐顽腐。读书便是将此层蔽塞聪明的包膜

## 第二章
### 非学无以广才,非志无以成学

剥下。能将此层剥下,才是读书人。并且要时时读书,不然便会鄙吝复萌,顽见俗见生满身上,一人的落伍、迂腐、冬烘,就是不肯时时读书所致。所以读书的意义,是使人较虚心,较通达,不固陋,不偏执。一人在世上,对于学问是这样的:幼时认为什么都不懂,大学时自认为什么都懂,毕业后才知道什么都不懂,中年又以为什么都懂,到晚年才觉悟一切都不懂。大学生自以为心理学他也念过,历史地理他亦念过,经济科学也都念过,世界文学艺术声光化电,他也念过,所以什么都懂。毕业以后,人家问他国际联盟在哪里,他说"我书上未念过",人家又问法西斯蒂在意大利成绩如何,他也说"我书上未念过",所以觉得什么都不懂。到了中年,许多人娶妻生子,造洋楼,有身份,做名流,戴眼镜,留胡子,拿洋棍,沾沾自喜,那时他的世界已经固定了:女人放胸是不道德,剪发亦不道德,社会主义就是共产党,读《马氏文通》是反动,节制生育是亡种逆天,提倡白话是亡国之先兆,《孝经》是孔子写的,大禹必有其人……意见非常之多而且确定不移,所以又是什么都懂。其实是此种人久不读书,鄙吝复萌所致。此种人不可与深谈。但亦有常读书的人,老当益壮,其思想每每比青年急进,就是能时时读书,所以心灵不曾化石,变为古董。

读书的主旨在于排脱俗气。黄山谷谓人不读书便语言无味,面目可憎。须知世上语言无味面目可憎的人很多，不但商界政界如此，学府中亦颇多此种人。然语言无味，面目可憎在官僚商贾则无妨，读书人是不合理的。所谓面目可憎，不可作面孔不漂亮解，因为并非不能奉承人家，排出笑脸，所以"可憎"；胁肩谄笑，面孔漂亮，便是"可爱"。若欲求美男子小白脸，尽可于跑狗场、跳舞场，及政府衙门中求之。有漂亮脸孔，说漂亮话的政客，未必便面目不可憎。读书与面孔漂亮没有关系，因为书籍并不是雪花膏，读了便会增加你的容辉。所以面目可憎不可憎，在你如何看法。有人看美人专看脸蛋，凡有鹅脸柳眉皓齿朱唇都叫做美人。但是识趣的人若李笠翁看美人专看风韵，李笠翁所谓三分容貌有姿态等于六七分，六七分容貌乏姿态等于三四分。有人面目平常，然而谈起话来，使你觉得可爱；也有满脸脂粉的摩登伽，洋囡囡，做花瓶，做客厅装饰甚好，但一与交谈，风韵全无，便觉得索然无味。黄山谷所谓面目可憎不可憎亦只是指读书人之议论风采说法。若《浮生六记》的芸，虽非西施面目，并且前齿微露，我却觉得是中国第一美人。男子也是如是看法。章太炎脸孔虽不漂亮，王国维虽有一条辫子，但是他们是有风韵的，不是语言无味面目可憎的，简直可认为可爱。亦有漂亮政客，做武人的兔子姨太太，说话虽然漂亮，听了却令人作呕三日。

## 第二章
### 非学无以广才，非志无以成学

至于语言无味（着重"味"字），那全看你所读是什么书及读书的方法。读书读出味来，语言自然有味，语言有味，做出文章亦必有味。有人读书读了半世，亦读不出什么味儿来，那是因为读不合的书，及不得其读法。读书须先知味。这味字，是读书的关键。所谓味，是不可捉摸的，一人有一人胃口，各不相同，所好的味亦异，所以必先知其所好，始能读出味来。有人自幼嚼书本，老大不能通一经，便是食古不化勉强读书所致。袁中郎所谓读所好之书，所不好之书可让他人读之，这是知味的读法。若必强读，消化不来，必生疳积胃滞诸病。

口之于味，不可强同，不能因我之所嗜好以强人。先生不能以其所好强学生去读，父亲亦不得以其所好强儿子去读。所以书不可强读，强读必无效，反而有害，这是读书之第一义。有愚人请人开一张必读书目，硬着头皮咬着牙根去读，殊不知读书须求气质相合。人之气质各有不同，英人俗语所谓"在一人吃来是补品，在他人吃来是毒质"。因为听说某书是名著，因为要做通人，硬着头皮去读，结果必毫无所得。过后思之，如做一场噩梦。甚且终身视读书为畏途，提起书名来便头痛。萧伯纳说许多英国人终身不看莎士比亚，就是因为幼年塾师强迫背诵种下的恶果。许多人离校以后，终身不再看诗，不看历史，亦是旨趣未到学校迫其必修所致。

所以读书不可勉强,因为学问思想是慢慢胚胎滋长出来的。其滋长自有滋长的道理,如草木之荣枯,河流之转向,各有其自然之势。逆势必无成就。树木的南枝遮荫,自会向北枝发展,否则枯槁以待毙。河流遇了矶石悬崖,也会转向,不是硬冲,只要顺势流下,总有流入东海之一日。世上无人人必读之书,只有在某时某地某种心境下不得不读之书。有你所应读,我所万不可读。有此时可读,彼时不可读。即使有必读之书,亦决非此时此刻所必读。见解未到,必不可读,思想发育程度未到,亦不可读。孔子说五十可以学《易》,便是说四十五岁时尚不可读《易》经。刘知几少读古文《尚书》,挨打亦读不来,后听同学读《左传》,甚好之,求授《左传》,乃易成诵。《庄子》本是必读之书,然假使读《庄子》觉得索然无味,只好放弃,过了几年再读,对《庄子》感觉兴味,然后读《庄子》。对马克思感觉兴味,然后读马克思。

且同一本书,同一读者,一时可读出一时之味道出来。其景况适如看一名人相片,或读名人文章,未见面时,是一种味道,见了面交谈之后,再看其相片,或读其文章,自有另外一层深切的理会。或是与其人绝交以后,看其照片,读其文章,亦另有一番

## 第二章
### 非学无以广才，非志无以成学

味道。四十学《易》是一种味道，五十而学《易》，又是一种味道，所以凡是好书都值得重读的。自己见解愈深，学问愈进，愈读得出味道来。譬如我此时重读Lamb（兰姆）的论文，比幼时所读全然不同，幼时虽觉其文章有趣，没有真正魂灵的接触，未深知其文之佳境所在。也许我们幼时未进小学，或进小学而未读过地理，或读地理而未觉兴味；然今日逢闽变时翻看闽浙边界地图，便觉津津有味。一人背痛，再去读范增的传，始觉趣味。或是叫许钦文在狱中读清初犯文字狱的文人传记，才别有一番滋味在心头。

由是可知读书有两方面，一是作者，一是读者。程子谓《论语》读者有此等人与彼等人，有读了全然无事者，亦有读了不知手之舞之足之蹈之者。所以读书必以气质相近，而凡人读书必找一位同调的先贤，一位气质与你相近的作家，作为老师。这是所谓读书必须得力一家。不可昏头昏脑，听人戏弄，庄子亦好，荀子亦好，苏东坡亦好，程伊川亦好。一人同时爱庄荀，或同时爱苏程是不可能的事。找到思想相近之作家，找到文学上之情人，必胸中感觉万分痛快，而魂灵上发生猛烈影响，如春雷一鸣，蚕卵孵出，得一新生命，入一新世界。George Eliot（乔治·艾略特）自叙读《卢梭自传》，如触电一般。尼采师叔本华，萧伯纳师易卜生，虽皆非及门弟子，而思想相承，影响极大。当二子读叔本华、易卜生时，思想上起了大影响，是其思想萌芽学问生根之始。因为气质性灵相近，所以乐此不疲，流连忘返；流连忘返，始可深入，深入后，然后如受春风化雨之赐，欣欣向荣，学业大进。

谁是气质与你相近的先贤，只有你知道，也无需人家指导，更无人能勉强，你找到这样一位作家，自会一见如故。苏东坡初读《庄子》，如有胸中久积的话，被他说出，袁中郎夜读徐文长诗，叫唤起来，叫复读，读复叫，便是此理。这与"一见倾心"之性爱（love at first sight）同一道理。你遇到这样作家，自会恨相见太晚。一人必有一人中意的作家，各人自己去找去。找到了文学上的爱人，他自会有魔力吸引你，而你也自乐为所吸，甚至声音相貌，一颦一笑，亦渐与相似。这样浸润其中，自然获益不少，将来年事渐长，厌此情人，再找别的情人，到了经过两三个情人，或是四五个情人，大概你自己也已受了熏陶不浅，思想已经成熟，自己也就成了一位作家。若找不到情人，东览西阅，所读的未必能沁入魂灵深处，便是逢场作戏。逢场作戏，不会有心得，学问不会有成就。

知道情人滋味便知道苦学二字是骗人的话。学者每为"苦学"或"困学"二字所误。读书成名的人，只有乐，没有苦。据说古人

## 第二章
### 非学无以广才，非志无以成学

读书有追月法，刺股法，及丫头监读法，其实都是很笨。读书无兴味，昏昏欲睡，始拿锥子在股上刺一下，这是愚不可当。一人书本排在面前，有中外贤人向你说极精彩的话，尚且想睡觉，便应当去睡觉，刺股亦无益。叫丫头陪读，等打盹时唤醒你，已是下流，亦应去睡觉，不应读书。而且此法极不卫生。不睡觉，只有读坏身体，不会读出书的精彩来。若已读出书的精彩来，便不想睡觉，故无丫头唤醒之必要。刻苦耐劳，淬砺奋勉是应该的，但不应视读书为苦。视读书为苦，第一着已走了错路。天下读书成名的人皆以读书为乐；汝以为苦，彼却沉湎以为至乐。必如一人打麻将，或如人挟妓冶游，流连忘返，寝食俱废，始读出书来。以我所知国文好的学生，都是偷看几百万言的《三国》《水浒》而来，决不是一学年读五六十页文选，国文会读好的。试问在偷读《三国》《水浒》之人，读书有什么苦处？何尝算页数？好学的人，于书无所不窥，窥就是偷看。于书无所不偷看的人，大概学会成名。

有人读书必装腔作势，或嫌板凳太硬，或嫌光线太弱，这就是读书未入门路，未觉兴味所致。有人做不出文章，怪房间冷，怪蚊子多，怪稿纸发光，怪马路上电车声音太嘈杂，其实都是因为文思不来，写一句，停一句。一人不好读书，总有种种理由。"春天不是读书天，夏日炎炎最好眠，等到秋来冬又至，不如等待到来年。"其实读书是四季咸宜。古所谓"书淫"之人，无论何时何地可读书皆手不释卷，这样才成读书人样子。顾千里裸体读经，便是一例，即使暑气炎热，至非裸体不可，亦要读经。欧阳修在马上厕上皆可做文章，因为文思一来，非做不可，非必正襟危坐明窗净几才可做文章。一人要读书，则澡堂、马路、洋车上、厕上、图书馆、理发室，皆可读。而且必办到洋车上、理发室都必读书，才可以读成书。

读书须有胆识，有眼光，有毅力。胆识二字拆不开，要有识，必敢有一自己意见，即使一时与前人不同亦不妨。前人能说得我服，是前人是，前人不能服我，是前人非。人心之不同如其面，要脚踏实地，不可舍己耘人。诗或好李，或好杜，文或好苏，或好韩，各人要凭良知，读其所好，然后所谓好，说得好的道理出来。或竟苏韩皆不好，亦不必惭愧，亦须说出不好的理由来。或某名人文集，众人所称而你独恶之，则或系汝自己学力见识未到，或果然汝是而人非。学力未到，等过几年再读，若学力已到而汝是人非，则将来必发现与汝同情之人。刘知几少时读前后汉书，怪前书不应有《古今人表》，后书宜为更始立纪，当时闻者责以童子轻议前哲，乃"赧然自失，无辞以对"，后来偏偏发见张衡、范晔等，持见与之相同，此乃刘知几之读书胆识。因其读书皆得之襟腑，非人云亦云，所以能著成《史通》一书。如此读书，处处有我的真知灼见，得一分见解，是一分学问，除一种俗见，算一分进步，才不会落入圈套，满口滥调，一知半解，似是而非。

第三章
# 一身忧国心,千古敢言气

我们从古以来,
就有埋头苦干的人,有拼命硬干的人,
有为民请命的人,有舍身求法的人,……
虽是等于为帝王将相作家谱的所谓"正史",
也往往掩不住他们的光耀,
这就是中国的脊梁。

第三章
一身忧国心,千古敢言气

## 中国人失掉自信力了吗 / 鲁迅

从公开的文字上看起来:两年以前,我们总自夸着"地大物博",是事实;不久就不再自夸了,只希望着国联,也是事实;现在是既不夸自己,也不信国联,改为一味求神拜佛,怀古伤今了——却也是事实。

于是有人慨叹曰:中国人失掉自信力了

如果单据这一点现象而论,自信其实是早就失掉了的。先前信"地",信"物",后来信"国联",都没有相信过"自己"。假使这也算一种"信",那也只能说中国人曾经有过"他信力",自从对国联失望之后,便把这他信力都失掉了。

失掉了他信力,就会疑,一个转身,也许能够只相信了自己,倒是一条新生路,但不幸的是逐渐玄虚起来了。信"地"和"物",还是切实的东西,国联就渺茫,不过这还可以令人不久就省悟到依赖它的不可靠。一到求神拜佛,可就玄虚之至了,有益或是有害,一时就找不出分明的结果来,它可以令人更长久的麻醉着自己。

中国人现在是在发展着"自欺力"。

"自欺"也并非现在的新东西,现在只不过日见其明显,笼罩了一切罢了。然而,在这笼罩之下,我们有并不失掉自信力的中国人在。

我们从古以来,就有埋头苦干的人,有拼命硬干的人,有为民请命的人,有舍身求法的人,……虽是等于为帝王将相作家谱的所谓"正史",也往往掩不住他们的光耀,这就是中国的脊梁。

这一类的人们,就是现在也何尝少呢?他们有确信,不自欺;他们在前仆后继的战斗,不过一面总在被摧残,被抹杀,消灭于黑暗中,不能为大家所知道罢了。说中国人失掉了自信力,用以指一部分人则可,倘若加于全体,那简直是诬蔑。

要论中国人,必须不被搽在表面的自欺欺人的脂粉所诓骗,却

## 第三章
### 一身忧国心，千古敢言气

看看他的筋骨和脊梁。自信力的有无，状元宰相的文章是不足为据的，要自己去看地底下。

九月二十五日。

君子如玉
亦如铁

# 灯下漫笔 / 鲁迅

## 一

有一时,就是民国二三年时候,北京的几个国家银行的钞票,信用日见其好了,真所谓蒸蒸日上。听说连一向执迷于现银的乡下人,也知道这既便当,又可靠,很乐意收受,行使了。至于稍明事理的人,则不必是"特殊知识阶级",也早不将沉重累坠的银元装在怀中,来自讨无谓的苦吃。想来,除了多少对于银子有特别嗜好和爱情的人物之外,所有的怕大都是钞票了罢,而且多是本国的。但可惜后来忽然受了一个不小的打击。

就是袁世凯想做皇帝的那一年,蔡松坡先生溜出北京,到云南

## 第三章
### 一身忧国心，千古敢言气

去起义。这边所受的影响之一，是中国和交通银行的停止兑现。虽然停止兑现，政府勒令商民照旧行用的威力却还有的；商民也自有商民的老本领，不说不要，却道找不出零钱。假如拿几十几百的钞票去买东西，我不知道怎样，但倘使只要买一枝笔，一盒烟卷呢，难道就付给一元钞票么？不但不甘心，也没有这许多票。那么，换铜元，少换几个罢，又都说没有铜元。那么，到亲戚朋友那里借现钱去罢，怎么会有？于是降格以求，不讲爱国了，要外国银行的钞票。但外国银行的钞票这时就等于现银，他如果借给你这钞票，也就借给你真的银元了。

我还记得那时我怀中还有三四十元的中交票，可是忽而变了一个穷人，几乎要绝食，很有些恐慌。俄国革命以后的藏着纸卢布的富翁的心情，恐怕也就这样的罢；至多，不过更深更大罢了。我只得探听，钞票可能折价换到现银呢？说是没有行市。幸而终于，暗暗地有了行市了：六折几。我非常高兴，赶紧去卖了一半。后来又涨到七折了，我更非常高兴，全去换了现银，沉垫垫地坠在怀中，似乎这就是我的性命的斤两。倘在平时，钱铺子如果少给我一个铜元，我是决不答应的。

但我当一包现银塞在怀中，沉垫垫地觉得安心，喜欢的时候，却突然起了另一思想，就是：我们极容易变成奴隶，而且变了之后，还万分喜欢。

假如有一种暴力，"将人不当人"，不但不当人，还不及牛马，不算什么东西；待到人们羡慕牛马，发生"乱离人，不及太平犬"的叹息的时候，然后给与他略等于牛马的价格，有如元朝定律，打死别人的奴隶，赔一头牛，则人们便要心悦诚服，恭颂太平的盛世。为什么呢？因为他虽不算人，究竟已等于牛马了。

我们不必恭读《钦定二十四史》，或者入研究室，审察精神文明的高超。只要一翻孩子所读的《鉴略》，——还嫌烦重，则看《历代纪元编》，就知道"三千余年古国古"的中华，历来所闹的就不过是这一个小玩艺。但在新近编纂的所谓"历史教科书"一流东西里，却不大看得明白了，只仿佛说：咱们向来就很好的。

但实际上，中国人向来就没有争到过"人"的价格，至多不过是奴隶，到现在还如此，然而下于奴隶的时候，却是数见不鲜的。中国的百姓是中立的，战时连自己也不知道属于那一面，但又属于无论那一面。强盗来了，就属于官，当然该被杀掠；官兵既到，该是自家人了罢，但仍然要被杀掠，仿佛又属于强盗似的。这时候，百姓就希望有一个一定的主子，拿他们去做百姓，——不敢，是拿他们去做牛马，情愿自己寻草吃，只求他决定

## 第三章
### 一身忧国心，千古敢言气

他们怎样跑。

假使真有谁能够替他们决定，定下什么奴隶规则来，自然就"皇恩浩荡"了。可惜的是往往暂时没有谁能定。举其大者，则如五胡十六国的时候，黄巢的时候，五代时候，宋末元末时候，除了老例的服役纳粮以外，都还要受意外的灾殃。张献忠的脾气更古怪了，不服役纳粮的要杀，服役纳粮的也要杀，敌他的要杀，降他的也要杀：将奴隶规则毁得粉碎。这时候，百姓就希望来一个另外的主子，较为顾及他们的奴隶规则的，无论仍旧，或者新颁，总之是有一种规则，使他们可上奴隶的轨道。

"时日曷丧，予及汝偕亡！"愤言而已，决心实行的不多见。实际上大概是群盗如麻，纷乱至极之后，就有一个较强，或较聪明，或较狡滑，或是外族的人物出来，较有秩序地收拾了天下。厘定规则：怎样服役，怎样纳粮，怎样磕头，怎样颂圣。而且这规则是不像现在那样朝三暮四的。于是便"万姓胪欢"了；用成语来说，就叫作"天下太平"。

任凭你爱排场的学者们怎样铺张，修史时候设些什么"汉族发祥时代""汉族发达时代""汉族中兴时代"的好题目，好意诚然是可感的，但措辞太绕湾子了。有更其直捷了当的说法在这里——

一，想做奴隶而不得的时代；

二，暂时做稳了奴隶的时代。

这一种循环，也就是"先儒"之所谓"一治一乱"；那些作乱人物，从后日的"臣民"看来，是给"主子"清道辟路的，所以说："为圣天子驱除云尔。"

现在入了那一时代，我也不了然。但看国学家的崇奉国粹，文学家的赞叹固有文明，道学家的热心复古，可见于现状都已不满了。然而我们究竟正向着那一条路走呢？百姓是一遇到莫名其妙的战争，稍富的迁进租界，妇孺则避入教堂里去了，因为那些地方都比较的"稳"，暂不至于想做奴隶而不得。总而言之，复古的，避难的，无智愚贤不肖，似乎都已神往于三百年前的太平盛世，就是"暂时做稳了奴隶的时代"了。

但我们也就都像古人一样，永久满足于"古已有之"的时代么？都像复古家一样，不满于现在，就神往于三百年前的太平盛世么？

自然，也不满于现在的，但是，无须反顾，因为前面还有道路在。而创造这中国历史上未曾有过的第三样时代，则是现在的青年的使命！

第三章
一身忧国心，千古敢言气

## 二

但是赞颂中国固有文明的人们多起来了，加之以外国人。我常常想，凡有来到中国的，倘能疾首蹙额而憎恶中国，我敢诚意地捧献我的感谢，因为他一定是不愿意吃中国人的肉的！

鹤见祐辅氏在《北京的魅力》中，记一个白人将到中国，预定的暂住时候是一年，但五年之后，还在北京，而且不想回去了。有一天，他们两人一同吃晚饭——

"在圆的桃花心木的食桌前坐定，川流不息地献着山海的珍味，谈话就从古董，画，政治这些开头。电灯上罩着支那式的灯罩，淡淡的光洋溢于古物罗列的屋子中。什么无产阶级呀，Proletariat（无产阶级）呀那些事，就像不过在什么地方刮风。

"我一面陶醉在支那生活的空气中，一面深思着对于外人有着'魅力'的这东西。元人也曾征服支那，而被征服于汉人种的生活美了；满人也征服支那，而被征服于汉人种的生活美了。现在西洋人也一样，嘴里虽然说着Democracy（民主）呀，什么什么呀，而却被魅于支那人费六千年而建筑起来的生活的美。一经住过北京，就忘不掉那生活的味道。大风时候的万丈的沙尘，每三月一回的督军们的开战游戏,都不能抹去这支那生活的魅力。"

这些话我现在还无力否认他。我们的古圣先贤既给与我们保古守旧的格言,但同时也排好了用子女玉帛所做的奉献于征服者的大宴。中国人的耐劳,中国人的多子,都就是办酒的材料,到现在还为我们的爱国者所自诩的。西洋人初入中国时,被称为蛮夷,自不免个个蹙额,但是,现在则时机已至,到了我们将曾经献于北魏,献于金,献于元,献于清的盛宴,来献给他们的时候了。出则汽车,行则保护:虽遇清道,然而通行自由的;虽或被劫,然而必得赔偿的;孙美瑶掳去他们站在军前,还使官兵不敢开火。何况在华屋中享用盛宴呢?待到享受盛宴的时候,自然也就是赞颂中国固有文明的时候;但是我们的有些乐观的爱国者,也许反而欣然色喜,以为他们将要开始被中国同化了罢。古人曾以女人作苟安的城堡,美其名以自欺曰"和亲",今人还用子女玉帛为作奴的贽敬,又美其名曰"同化"。所以倘有外国的谁,到了已有赴宴的资格的现在,而还替我们诅咒中国的现状者,这才是真有良心的真可佩服的人!

但我们自己是早已布置妥帖了,有贵贱,有大小,有上下。自己被人凌虐,但也可以凌虐别人;自己被人吃,但也可以吃别

## 第三章
### 一身忧国心，千古敢言气

人。一级一级的制驭着，不能动弹，也不想动弹了。因为倘一动弹，虽或有利，然而也有弊。我们且看古人的良法美意罢——

"天有十日，人有十等。下所以事上，上所以共神也。故王臣公，公臣大夫，大夫臣士，士臣皂，皂臣舆，舆臣隶，隶臣僚，僚臣仆，仆臣台。"（《左传》昭公七年）

但是"台"没有臣，不是太苦了么？无须担心的，有比他更卑的妻，更弱的子在。而且其子也很有希望，他日长大，升而为"台"，便又有更卑更弱的妻子，供他驱使了。如此连环，各得其所，有敢非议者，其罪名曰不安分！

虽然那是古事，昭公七年离现在也太辽远了，但"复古家"尽可不必悲观的。太平的景象还在：常有兵燹，常有水旱，可有谁听到大叫唤么？打的打，革的革，可有处士来横议么？对国民如何专横，向外人如何柔媚，不犹是差等的遗风么？中国固有的精神文明，其实并未为共和二字所埋没，只有满人已经退席，和先前稍不同。

因此我们在目前，还可以亲见各式各样的筵宴，有烧烤，有翅席，有便饭，有西餐。但茅檐下也有淡饭，路旁也有残羹，野上也有饿莩；有吃烧烤的身价不赀的阔人，也有饿得垂死的每斤八文的孩子（见《现代评论》二十一期）。所谓中国的文明者，其实不过是安排给阔人享用的人肉的筵宴。所谓中国者，其实不过是安排这人肉的筵宴的厨房。不知道而赞颂者是可恕的，否则，此辈当得永远的诅咒！

外国人中，不知道而赞颂者，是可恕的；占了高位，养尊处优，因此受了蛊惑，昧却灵性而赞叹者，也还可恕的。可是还有两种，其一是以中国人为劣种，只配悉照原来模样，因而故意称赞中国的旧物。其一是愿世间人各不相同以增自己旅行的兴趣，到中国看辫子，到日本看木屐，到高丽看笠子，倘若服饰一样，便索然无味了，因而来反对亚洲的欧化。这些都可憎恶。至于罗素在西湖见轿夫含笑，便赞美中国人，则也许别有意思罢。但是，轿夫如果能对坐轿的人不含笑，中国也早不是现在似的中国了。

这文明，不但使外国人陶醉，也早使中国一切人们无不陶醉而且至于含笑。因为古代传来而至今还在的许多差别，使人们各各分离，遂不能再感到别人的痛苦；并且因为自己各有奴使别人，吃掉别人的希望，便也就忘却自己同有被奴使被吃掉的将来。于是大小无数的人肉的筵宴，即从有文明以来一直排到现在，人们就在这会场中吃人，被吃，以凶人的愚妄的欢呼，将悲惨的弱者的呼号遮

# 第三章
## 一身忧国心，千古敢言气

掩，更不消说女人和小儿。

　　这人肉的筵宴现在还排着，有许多人还想一直排下去。扫荡这些食人者，掀掉这筵席，毁坏这厨房，则是现在的青年的使命！

　　　　　　　　　　　　　　　一九二五年四月二十九日。

君子如玉
亦如铁

# 中国的国民性 / 林语堂

## 一

中国向来称为老大帝国。这老大二字有深义存焉，就是既老且大。老字易知，大字就费解而难明了。所谓老者第一义就是年老之老。今日小学生无不知中国有五千年的历史，这实在是我们可以自负的。无论这五千年中是怎样混法，但是五千年的的确确被我们混过去了。一个国家能混过上下五千年，无论如何是值得敬仰的。国家与人一样，总是贪生想活，与其聪明而早死，不如糊涂而长寿。中国向来提倡敬老之道，老人有什么可敬呢？是敬他生理上的一种成功，抵抗力之坚强，别人都死了，而他偏还活着。这百年

## 第三章
### 一身忧国心，千古敢言气

中，他的同辈早已逝世，或死于水，或死于火，或死于病，或死于匪，灾旱寒暑攻其外，喜怒忧乐侵其中，而他能保身养生，终是胜利者。这是敬老之真义。敬老的真谛，不在他德高望重，福气大，子孙多，倘使你遇道旁一个老丐，看见他寒穷，无子孙，德不高望不重，遂不敬他，这不能算为真正敬老的精神。所以敬老是敬他的寿考而已。对于一个国家也是这样。中国有五千年连绵的历史，这五千年中多少国度相继兴亡，而他仍存在；这五千年中，他经过多少的旱灾水患，外敌的侵凌，兵匪的蹂躏，还有更可怕的文明的遗毒，假使在于神经较敏锐的异族，或者早已灭亡，而中国今日仍然存在，这不能不使我们赞叹的。这种地方，只可意会，不可言传。同时老字还有旁义，就是"老气横秋""脸皮老"之老，人越老，脸皮总是越厚。中国这个国家，年龄比人家大，脸皮也比人家厚。年纪一大，也就倚老卖老，荣辱祸福都已置诸度外，不甚为意。张山来说得好："少年人须有老成人之识见，老成人须有少年人之襟怀"；就是说少年识见不如老辈，而老辈襟怀不如少年。少年人志高气扬，鹏程万里，不如老马之伏枥就羁。所以孔子是非常反对老年人之状态的。一则曰"不知老之将至"；再则曰"老而不死是为贼"；三则曰"及其老也，戒之在得"。戒之在得是骂老人之贪财，容易犯了晚年失节之过。俗语说"鸨儿爱钞，姐儿爱俏"，就是孔子的意思。姐儿是讲理想主义者，鸨儿是讲现实主义者。

大是伟大之义。中国人谁不想中国真伟大啊！其实称人伟大，就是不懂之意。以前有黑人进去听教士讲道，人家问他意见如何，他说"伟大啊"。人家问他怎样伟大，他说"一个字也听不懂"。不懂时就伟大，而同时伟大就是不可懂。你看路上一个同胞，或是洗衣匠，或是裁缝，或是黄包车夫，形容并不怎样令人起敬起畏。然而你试想想他的国度曾经有五千年历史，希腊罗马早已亡了，而他巍然获存。他所代表的中国，虽然有点昏沉老耄，国势不振，但是他有绵长的历史，有古远的文化，有一种处世的人生哲学，有文学、美术、书画、建筑，足与西洋媲美。别人的种族，经过几百年文明，总是腐化。中国的民种还能把河南犹太民族吸收同化。这是西洋民族所未有的事。中国的历史比他国有更长的不断的经过，中国文化也比他国能够传遍较大的领域。据实用主义的标准讲，他在优胜劣败之战场上是胜利者，所以这文化，虽然有许多弱点，也有竞存的效果。所以你越想越不懂，而因为不懂，所以你越想中国越伟大起来了。

第三章
一身忧国心，千古敢言气

## 二

老实讲，中国民族经过五千年的文明，在生理上也有相当的腐化，文明生活总是不利于民族的。中国人经过五千年的叩头请安揖让跪拜，五千年说"不错，不错"，所以下巴也缩小了，脸庞也圆滑了。一个民族五千年中专说"啊！是的，是的，不错，不错"，脸庞非圆起来不可。江南为文化之区，所以江南也多小白脸。最容易看出的是毛发与皮肤。中国女人比西洋妇人皮肤嫩，毛孔细，少腋臭，这是谁都承认的。

还有一层，中国民族所以生存到现在，也一半是靠外族血脉的输入，不然今日恐尚不止此颓唐萎靡之势。今日看看北方人与南方人的体格便知此中的分别（南人不必高兴，北人不必着慌，因为所谓"纯粹种族"在人类学上承认是等于"神话"，今日国中就没人能指出谁是"纯粹中国人"）。中国历史，每八百年必有王者兴，其兴不是因为王者，是因为新血之加入。世界没有国家经过五百年以上而不变乱的；其变乱之源就是因为太平了四五百年，民族就腐化，户口就稠密，经济就穷窘，一穷就盗贼瘟疫相继而至，非革命不可。所以每八百年的周期中，首四五百年是太平的，后二三百年就是内乱兵匪，由兵匪起而朝代灭亡，始而分

### 君子如玉
### 亦如铁

裂，继而迁都，南北分立，终而为外族所克服，克服之后，有了新血脉然后又统一，文化又昌盛起来。周朝八百年是如此，先统一后分裂，再后楚并诸侯，南方独立，再后灭于秦。由秦至隋也是约八百年一期，汉晋是比较统一，到了东晋便五胡乱华，到隋才又统一。由隋至明也是约八百年，始而太平，国势大振，到南宋而式微，到元而灭。由明到清也是一期，太平五百年已过，我们只能希望此后变乱的三百年不要开始，这曾经有人做过很详细的统计。总而言之，北方人种多受外族的混合，所以有北方之强，为南人所无。你看历代建朝帝王都是出于长江以北，没有一个出于长江以南。所以中国人有句话叫做，吃面的可以做皇帝，而吃米的不能做皇帝。曾国藩不幸生于长江之南，又是湖南产米之区，米吃太多，不然早已做皇帝了。再精细考究，除了周武王、秦始皇及唐太祖生于西北陇西以外，历朝开国皇帝都在陇海路附近，安徽之东，山东之西，江苏之北，河北之南。汉高祖生于江北，晋武帝生河南，宋太祖出河北，明太祖出河南。所以江淮盗贼之薮，就是皇帝发祥之地。你们谁有女儿，要求女婿或是要学吕不韦找邯郸姬生个皇帝儿，求之陇海路上之三等车中，可也。考之近日武人，山东出了吴佩孚、张宗昌、孙传芳、卢永祥，河北出了齐燮元、李景琳、张之江、鹿钟麟。河南出一袁世凯，险些儿就登了龙座，安徽

## 第三章
### 一身忧国心，千古敢言气

也出了冯玉祥、段祺瑞。江南向来没有产过名将，只出了几个很好的茶房。

三

但是虽有此南北之分，与外族对立而言，中国民族尚不失为有共同的特殊个性。这个国民性之来由，有的由于民种，有的由于文化，有的是由经济环境得来的。中国民族也有优点，也有劣处，若俭朴，若爱自然，若勤俭，若幽默。好的且不谈，谈其坏的。为国与为人一样，当就坏处着想，勿专谈己长，才能振作。有人要谈民族文学也可以，但是夸张轻狂，不自检省，终必灭亡。最要紧是研究我们的弱点何在，及其弱点之来源。

我们姑先就这三个弱点：忍耐性、散漫性及老猾性，研究一下，并考其来源。我相信这些都是一种特殊文化及特殊环境的结果，不是上天生就华人，就是这样忍辱含垢，这样不能团结，这样老猾奸诈。这有一方法可以证明，就是人人在他自己的经历，可以体会出来。本来人家说屁话，我就反对；现在人家说屁话，我点首称善曰："是啊，不错不错。"由此度量日宏而福泽日深。在他人看来，说是我的修养功夫进步。不但在我如此，其实人人如此。到了中年的人,若肯诚实反省,都有这样修养的进步。二十岁青年都是热心国事,三十岁的人都是"国事管他娘"。我们要问,何以中国社会使人发生忍耐,莫谈国事,及八面玲珑的态度呢?我想含忍是由家庭制度而来,散漫放逸是由于人权没有保障,而老猾敷衍是由于道家思想。自然各病不只一源,而且其中各有互相关系;但为讲解得清楚便利,可以这样暂时分个源流。

忍耐,和平,本来也是美德之一。但是过犹不及;在中国忍辱含垢,唾面自干已变成君子之德。这忍耐之德也就成为国民之专长。所以西人来华传教,别的犹可,若是白种人要教黄种人忍耐和平无抵抗,这简直是太不自量而发热昏了。在中国,逆来顺受已成为至理名言,弱肉强食,也几乎等于天理。贫民遭人欺负,也叫忍耐,四川人民预缴三十年课税,结果还是忍耐。因此忍耐乃成为东亚文明之特征。然而愈"安排吃苦"愈有苦可吃。假如中国百姓不肯这样地吃苦,也就没有这么许多苦吃。所以在中国贪官剥削小百姓,如大鱼吃小鱼,可以张开嘴等小鱼自己游进去,不但毫不费力,而且甚合天理。俄国有个寓言,说一日有小鱼反对大鱼的歼灭同类,就对大鱼反抗,说:"你为什么吃我?"大鱼说:"那么,请你试试看。我让你吃,你吃得下去么?"这大鱼的观点就是中国人的哲学,叫做守己安分。小鱼退避大鱼谓之"守己",及退

## 第三章
### 一身忧国心，千古敢言气

避不及游入大鱼腹中谓之"安分"。这也是吴稚晖先生所谓"相安为国"，你忍我，我忍你，国家就太平无事了。

这种忍耐的态度，我想是由大家庭生活学来的。一人要忍耐，必先把脾气练好，脾气好就忍耐下去。中国的大家庭生活，天天给我们练习忍耐的机会，因为在大家庭中，子忍其父，弟忍其兄，妹忍其姊，侄忍叔，妇忍姑，妯娌忍其妯娌，自然成为五代同堂团圆局面。这种日常生活磨练影响之大，是不可忽略的。这并不是我造谣。以前张公艺九代同堂，唐高宗到他家问他何诀。张公艺只请纸笔连写一百个"忍"字。这是张公艺的幽默，是对大家庭制度最深刻的批评。后人不察，反拿百忍当传家宝训。自然这也有道理。其原因是人口太多，聚在一处，若不容忍，就无处翻身，在家在国，同一道理。能这样相忍为家者，自然也能相安为国。

在历史中，我们也可以证明中国人明哲保身莫谈国事决非天性。魏晋清谈，人家骂为误国。那时的文人，不是隐逸，便是浮华，或者对酒赋诗，或者炼丹谈玄，而结果有永嘉之乱。这算是中国人最消极最漠视国事之一时期，然而何以养成此普遍清谈之风呢？历史的事实，可以为我们的明鉴。东汉之末，士大夫并不是如此的。太学生三万人常常批评时政，是谈国事，不是不谈的。然而因为没有法律的保障，清议之权威抵不过宦官的势力，终于有党锢之祸。清议之士,大遭屠杀,或流或刑,或夷其家族,杀了一次又一次。于是清议之风断,而清谈之风成,聪明的人或故为放逸浮夸,或沉湎酒色,而达到酒德颂的时期。有的避入山中,蛰居小屋,由窗户传食。有的化为樵夫,求其亲友不要来访问,以避耳目。竹林七贤出,而大家以诗酒为命。刘伶出门带一壶酒,叫一人带一铁锹,对他说"死便埋我",而时人称贤。贤就是聪明,因为他能佯狂,而得善终。时人佩服他,如小龟佩服大龟的龟壳坚实。

所以要中国人民变散漫为团结,化消极为积极,必先改此明哲保身的态度,而要改明哲保身的态度,非几句空言所能济事,必改造使人不得不明哲保身的社会环境,就是给中国人民以公道法律的保障,使人人在法律范围以内,可以各开其口,各做其事,各展其才,各行其志,不但扫雪,并且管霜。换句话说,要中国人不像一盘散沙,根本要着,在给予宪法人权之保障。但是今日能注意到这一点道理,真正参悟这人权保障与吾人处世态度互相关系的人,真寥如晨星了。

第三章
一身忧国心，千古敢言气

## 一点感想 / 巴金

在这个时候提起笔写文章，我实在感到惭愧。别人贡献的是血，我们却用墨水来发泄我们的愤怒。也许有一天我会用我的血洗去这个耻辱罢。

死并不是一件难事。在几个小时以后，许多地方就完全改变了面目：建筑物毁了，村庄毁了，城市毁了，人们成千上万地死亡。

"大世界"前广场上落下炸弹的那个下午，我在电车里看见两边人行道上人们成群结队，身上带血，手牵着手默默地往西走去。全是严肃的面容，并没有恐怖或悲痛的表情，好像是去成仁、就义一样。

"大世界"前的血迹后来给雨冲洗干净了。但是十几辆炸毁了的车子还留在马路上：有汽车、黄包车、老虎车。各个阶层的人同样地为着一个目标献出了生命。没有人在死的面前踌躇过；活着的人也没有一个发出一声怨言。

我今天走过某一条街口。一两百具死尸躺在一块空地上，排列得非常整齐。头和脚全露在外面，只有身上盖得有东西。

大卡车刚刚卸下棺材开走了。一些人在工作，把棺材一具一具地放好，然后将尸首一一地放到棺中去。这些死者也许是被炸死的人，不然就是战死的士兵，现在由慈善机关来做掩埋的工作。

在这时候每天都有人死。许多人在一起死，死并不是一件难事。

个人的生命容易毁灭，群体的生命却能永生。把自己的生命寄托在群体的生命上面，换句话说，把个人的生命连系在全民族（再进一步则是人类）的生命上面，民族存在一天，个人也决不会死亡。

上海的炮声应当是一个信号。这一次中国人民真正团结成一个整体了。我们把个人的一切完全交出来维护这个"整体"的生存。这个"整体"是一定会生存的。整体的存在，也就是我们个人的存在。我们为着我们民族的生存虽然奋斗到粉身碎骨，我们也决不会死亡，因为我们还活在我们民族的生命里面。为大众牺牲生命

## 第三章
### 一身忧国心,千古敢言气

的人会永远为大众所敬爱;对于和大众在一起赌生命的人来说,死并不可怕,也不可悲。

关于这个,这几天来在前线,在后方,我们已经见到不少的例子了。我们用这个精神和这个信念跟敌人搏斗,我们一定会得到胜利。

1937年8月16日在上海。

君子如玉
亦如铁

# 给山川均先生 / 巴金

夜很静。似乎一切都落进了黑暗里面。重炮声突然隆隆地响起来了，接着是一阵机关枪的密放。我的房间起了轻微的震动，这时候我正读着你的《华北事变的感想》。我读你的文章，我并不是把你看作一位中国的友人，不过我知道你过去是一个社会主义者，我期望你的笔下多少带给我们一点正义。但是你却毫无掩饰地把你的另一种面目露了出来。我才知道真正到了你所谓的"剥皮"的时期，一个"文化人"也可以一下子变为浪人棍徒。对于这个，我感到憎厌。

你愤愤地提出了"支那军之鬼畜性"这个问题，你骂中国人是"鬼畜以上的东西"。在你是极尽毒骂的能事了。连贵国那般惯于

## 第三章
一身忧国心，千古敢言气

谩骂、造谣的新闻记者也仅仅用了"鬼畜"两个字。

先生，我不想向你辩明我们是不是"鬼畜"，或者它以上、以下的东西。我们同是人类一分子，身体的构造也没有两样。我们同有理性，同受教育，同样需要自由，需要生存。无论用"人"或"畜"的名称称呼，我们在本质上确实没有差别。所以我现在把你看作一个和我同样的"人"，而诉于你的理性。

所谓"通州事件"使你感到愤怒，使你发出诅咒似的恶骂，我并不想把它掩饰或者抹煞，像贵国的论客掩饰你们"皇军"的暴行那样。我们愿意了解那里的情形。然而一切消息都被你们的"皇军"封锁了，我们只能从贵国报刊的记载上知道冀东保安队反正的时候，有两三百通州日侨被害的消息。

通州事件自然是一个不幸的事变，但它却决非"偶然的"，它有它的远因和近因。这个连在通州遭难的铃木医师也早预料到了。他生前给他父亲的信里就说到当地保安队的态度只是表面的亲日。"真正的中日亲善还是很远、很远的事情。"贵国的"皇军"种了因，贵国的官民食其果，这是无足怪的。对于熟悉历史的人，这类事变的发生是很容易解释的，我们已经见到不少的先例了。

我不是一个偏狭的爱国主义者，我并不想煽起民族间的仇恨，

君子如玉
亦如铁

  我也不想盲目地替我们军人的任何行动辩解。在你们那里有不少的论客整天梦想着大和民族的黄金时代，夸大地做着"皇军"堂皇地征服世界的迷梦。而我们这里的四万万五千万人却只有同样一个谦逊的目标：我们要争取我们的自由，维持我们的生存。这个最低限度的要求，是每一个中国人所应有的。为了这个我们可以毫不顾惜地牺牲我们的一切。

  通州事件的发生从这里也可以得到一个解释。在"皇军"的威压与贵国官民的欺凌下过了将近两年屈辱日子的保安队举起了反抗的旗帜。忍耐到了最高限度，悲愤的火终于燃烧，少数武器并不精良的军人不顾环境的恶劣，站起来用血和肉争取自己的自由与生存。在混战中，每个人的生命的毁灭都是一瞬间的事。仔细的考虑没有了，复仇的念头会占据他们的心。血会蒙蔽他们的眼睛。当被压迫的人民起来反抗征服者的时候，少数无辜者连带地遇害，也是不可避免的事，何况这回的死者还是平日惯于在那个地方作威作福的人，而且大半是卖白面，打吗啡，作特务工作的。根据一个外国通讯社的电报，我们还知道在通州事件发生的前一天，有四百名保安队兵士因有不稳的嫌疑被贵国的"皇军"枪杀，那么报复的行为也并不是不可以解释的了。……

  在这里实在没有提出"残虐性"的必要。你一个社会主义者居

## 第三章
### 一身忧国心,千古敢言气

然也跟在贵国新闻记者的后面,"用咒骂,陷害,中伤的言词去打动人们的偏狭的爱国心!"你是有意地落在贵国军阀的圈套中了。我们并不能拿残虐性来区分种族。自视极高的西方人素来喜欢宣传东方民族的残虐性。他们表示最高度的残酷时,使用的形容词常常是"东方式"。然而事实上罗马屠杀基督教徒之凶残,中世纪异教审讯所之暴虐,在东方也难找到同样的实例。革命者的被残杀、平民群众的被蹂躏和街市的流血,在每一个西方国家中都保存着惨痛的记载,而且绝不少于我们在东方所能找到的。人性是相同的。我们没有根据断定东方人更残酷,也就没有理由承认中国人比你们更暴虐。你难道忘记了曾经做过你的友人的大杉荣君?在震灾的混乱中偷偷把他们夫妇拘捕绞杀的不就是贵国"皇军"的大尉?连他的一个六岁的外甥也不能保全生命。作为凶手的甘粕正彦却被人视作英雄志士而获得特赦了。在大震灾中被虐杀的贵国社会主义者和中国工人以及朝鲜人不知有多少!这事件中的鬼畜性和残虐性为何不曾激动你的良心?我不知道是你健忘,还是你故意为"皇军"掩饰!

残虐性并非某一民族所单独具有。助长它的是愚昧无知。只有文明教化才可以使它减少以至于消灭。和平帮助了文明教化的发展和普及。战争则摧残了它。用虚伪的言辞,欺骗的手段挑拨民族间的仇恨,使不曾相识、不曾接触的人变为仇敌,甚至把他们骗上战场互相残杀——这种行为充分地发挥了残虐性。一艘一艘的军舰载了贵国年轻的兵士来到中国,一艘一艘的商船又载了残毁的身体和骨灰回去。贵国军阀政客主持于上,财阀从中援助,而新闻记者、文人论客复宣扬、歌颂于下。战争是制造成功了。你们的另一论客室伏高信先生虽然大言不惭地说,"这是东亚两大民族的宿命",他甚至要这两大民族中的每一个人"都躲在障碍物里或从轰炸机上跳下来,相互杀戮"。先生,这难道不是残虐性的表现么?

先生,你看见别人眼中的刺而忘记自己眼中的梁木了。贵国空军在上海一带所建的伟绩,你不会不知道。南站、北新泾、松江等地的轰炸,遭害者达千余人,都是手无寸铁的难民,其中大半是妇人和小孩,他们平日并未担任抗日的工作,这时也不曾直接或者间接参加战争。他们正准备离开上海,而且有的已经在路途上了。他们对于"皇军"的行动是没有一点妨碍的。然而贵国的空军将士却偏偏选择了这种机会以显示"皇军"的威力,派遣大队飞机去屠杀非武装的人民。轰炸不足,又继之以机关枪的扫射,一定要看见无辜者的鲜血把土地与河面染红、尸体狼藉地阻塞着道路,才从容地飞去。

## 第三章
### 一身忧国心，千古敢言气

九月八日，贵国空军轰炸松江车站的"壮举"，在贵国历史上是值得大书特书的罢。以八架飞机对付十辆运送难民的列车，经过五十分钟的围攻，投下十七枚重磅炸弹。据一个目击者说，当飞机在列车上空盘旋的时候，拥挤在车中的难民还想不到会有惨剧发生。然而两枚炸弹落下了，炸毁了后面四辆车。血肉和哭号往四处飞迸。未受伤的人从完好的车厢里奔出来。接着头等车上又着了一颗炸弹。活着的人再没有一个留在车上了。站台四周全是仓皇奔跑的人。飞机不舍地追赶着，全飞得很低，用机关枪去扫射他们。人的脚敌不过飞机的双翼。一排一排的人倒下了。最后一群人狼狈地向田里奔逃。机关枪也就跟着朝那边密放。还有一部分人躲进了一个又大又深的泥坑，正在庆幸自己侥幸地保全了性命。然而贵国的空军将士又对准那个地方接连地掷下三个炸弹，全落在坑里爆炸，一下子就把那许多人全埋在土中。

对于这样冷静的谋杀，你有什么话说呢？你不能在这里看见更大的鬼畜性和残虐性么？自然，你没有看见一个断臂的人把自己的一只鲜血淋漓的胳膊挟着走路；你没有看见一个炸毁了脸孔的人捫着心疯狂地在街上奔跑；你没有看见一个无知的孩子守着他的父母的尸体哭号；你没有看见许多只人手凌乱地横在完好的路上；你没有看见烧焦了的母亲的手腕还紧紧抱着她的爱儿。哪一个人不

君子如玉
亦如铁

曾受过母亲的哺养？哪一个母亲不爱护她的儿女？中国的无数母亲甘冒万死带她们的年幼的儿女离开战区，这完全是和平的企图，这是值得每一个母亲和每一个有母亲的人同情的。难道日本的母亲就只有铁石的心肠？难道日本的母亲就不许别人的母亲维护她们的儿女？通州事件的残虐性怎及这十分之一？自己躲在上空挟最新式的武器攻击下面没有防卫能力的人民，杀死逃避战祸的母亲，流年轻儿女的血。这不仅是冷静的屠杀，便称之为卑劣的胆小的谋害，和变态性的虐他狂的表现也不为过。一个民族以此种行为骄傲于全世界人士之前，这是很可悲的事。两年前我的一个友人在贵国牛达区警察署里控诉贵国当局的措施不似文明人行为，而备受贵国"刑事"的殴打。现在贵国空军却将"野蛮"二字作为光荣的标记广向世界宣传了。

夜已深。周围仍然清静。炮声断续地响着。机关枪声却听不见了。我知道这时候就在上海的附近，两个民族中的精英正在前线肉搏，许多锋利的枪刺戳进年轻士兵的身体，无数有为的生命跟着炮弹毁灭。是什么一种力量使得这两个民族必须互相杀戮呢？难道一个民族的独立真会妨碍另一民族的生存？你们的论客室伏高信说这是宿命。但作为社会主义者的你能够相信这样的一种宿命么？

## 第三章
一身忧国心,千古敢言气

  战争是残酷的,破坏的。人类并没有被迫着参加战争的宿命。然而战争却不断地发生,文明的民族有一天会像野兽那样地互相吞食。但这绝不是宿命,造成这"勋业"的乃是不合理的政治的、经济的和社会的制度。而一些嗜杀的野心的军阀、政客却利用这制度以满足他们的私欲。在战争中得利的大有其人。一代的人种了因,一代的人食其果。人们制造战争,又会为战争所毁。武力主义和侵略主义可以煊赫一时,但不久即与露水同消。室伏氏说"国民是遵守法则的"。然而国民的法则绝不能与人类繁荣的法则违背,违背这法则的国民纵然目前生活得异常富裕,也必归于灭亡。战争是违背了人类繁荣的法则的。所以鼓动战争、想用武力获得一切的国民绝不能达到他们的目的。许多国民繁荣过,但又消灭了。连强盛的罗马帝国也有崩溃的一天。这才是宿命!想到这里我不禁为贵国的命运担心了。

  先生,这并不是我的过虑。你们把贵国的命运交付给军阀、政客去作孤注一掷,换取他们个人的禄位。军阀、政客之流知识窳陋,目光浅短,他们怎能知道民族盛衰的因果,人类繁荣的法则,社会进化的途径!然而你们是应该知道的。如今你们却让他们把大和民族驱向灭亡的路上走了。你们跟着他们躺在悬崖上做征服世界的迷梦。有一天你们也会跟着他们堕入黑暗的深渊,把后世子

君子如玉
亦如铁

孙置于万劫不复之境。那时你们纵然醒悟也来不及了。

然而人类是要永久存在下去的。世界上并无以武力维持万年霸业的民族，也无任人宰割苟安永世的国民。人类繁荣的法则是不能违反的。人类是第一义，其次才是民族。任何民族不能背弃人类而梦想单独的"发展飞跃"。这是做不到的事。室伏氏曾夸耀地预言大和民族进入了黄金时代，毫不量力地把铸造新世界的责任担在他们自己的肩上；据说凡阻碍他们的道路的，皆将灭亡。可惜他忘记了日本人也是人类的一分子；他们也不能阻碍人类发展的道路。在欧洲大战初期大露头角、煊赫不可一世的荷痕若南王朝和罗曼诺夫王朝，未尝不想凭借武力为子孙树立万世不灭的基业，正如今日的大和民族一样。然而曾几何时，我们就只能在历史上找寻这两个名词了。战争促成了德、俄两大帝国的崩溃；从前为了维持这两大帝国的光荣不知道流过多少万壮士的赤血。纵然若干变节的社会主义者用花言巧语把青年们骗上战场去牺牲，也挽救不了叶卡特林堡（即叶卡捷琳堡）的悲剧。好战者的狭小的两肩上是担不起铸造新世界的责任的。

现在轮到你们这些人用花言巧语来欺骗青年了。你们把一群一群的青年兵士送到中国南北两地的战场，用了欺瞒、陷害的言词打动他们的偏狭的爱国心，鼓舞他们去杀人，去送死。你们跟在军

## 第三章
### 一身忧国心，千古敢言气

阀、政客的后面，一手造成了远东的大屠杀。这责任你们不能轻易卸掉。倘使我控诉你们为刽子手，将你们置于被告席中受全世界良心的裁判，你们是无所逃罪的。

我常常翻阅贵国的报纸，我接触过一二贵国的人士，我也受过贵国"刑事"的"取调"和拘留所中的款待。两年前在横滨友人的书斋里我和一个贵国商人有过短时间的谈话。他问我四川人是不是坏人，因为他知道"在北方的中国人都是坏蛋"。他又问中国人为什么要抗日，要欺负日本侨民；为什么不因为"皇军"赶出"满洲"的马贼而表示感谢。我佩服那个商人的坦白，我更怜悯他的无知，但同时我不由得要诅咒贵国新闻记者的恶毒的用心了。这就是他们的努力所取得的成绩。

像贵国报纸那样的东西，在全世界中恐怕找不出第二个，真实的消息，正确的报导，似乎和贵国报纸没有一点关系。造谣，中伤，像是贵国新闻记者的惯技。夸耀自己民族的伟大，暴露其他民族的缺点，用捏造的事实和带煽动性的言辞挑拨民族间的恶感，然后利用其完善的设备和雄厚的资本以鼓动侵略的战争，为野心的军阀、政客张目——这仿佛就是贵国报纸的唯一任务。现在他们的使命已经完成了。可怜的是一般受人欺骗徒供牺牲的贵国国民。

我们素来憎恶战争。但我们绝非甘心任人宰割的民族。当我们

君子如玉
亦如铁

的自由与生存受到威胁的时候，我们是知道怎样起来防卫的。这是做人的最低限度的权利，倘使连这也放弃，则人就近于鬼畜了。我们是被迫而拿起武器的。我们是站在自己的土地上防卫自己的利益的。我们是顺着人类繁荣的法则，而给阻碍人类发展的力量以打击的。而你们遣派重兵远涉重洋来毁坏文明的都市、和平的乡村，你们是为了什么而作战的呢？难道真如室伏氏所说，你们是命定了必须杀害我们的么？或者如贵国新闻记者所说，是因为我们无理地发动抗日运动，你们来"断然膺惩"么？这样的论断，别的受过文明教化的国民一定不会承认。但是如今连你也说："通州事件可以说是中国政府一心一意普及抗日教育、培植抗日意识、煽动抗日感情的结果。"在这里，你和贵国的军阀、政客以至新闻记者、浪人、棍徒一样，将因果倒置而混淆黑白了。产生通州事件的直接原因乃是贵国军阀的暴行，而抗日运动也是贵国政府历年来对中国土地的侵略行为所促成。是你们的"皇军"亲手普及了抗日教育，培植了抗日意识，煽动了抗日感情。是你们用飞机，用大炮，用火，用刀，教育了中国人民，使他们明白"抗日"是求生存的第一个步骤，并非中国人生来就具有抗日的感情的。要达到"共存共荣"之境，唯有凭借"真正亲善"的桥梁。侵略和"膺惩"只能激起憎恶，而必然遭到坚强的抵抗。你深居岛上也许不知道"皇

## 第三章
一身忧国心，千古敢言气

军"和浪人历年来在中国土地上的种种暴行。但是从各种事变的记载里，你应当明白近二十年来中日两大民族间那笔愈积愈多的血债。中国人民是流了够多的血以后才来发动抗日运动的。这是自发的民众运动，没有力量可以阻止它，也没有力量可以抗拒它。现在是偿还血债的时候了。

窗外月明如昼，飞机声隐约地送进了我的耳里，连珠似的高射炮弹在天空电光般地闪烁。那震耳的声音！这时战斗正酣罢。我想起贵国飞行员某氏阵亡后身畔遗留的敏子姑娘的深情的信函了。在海的那边，在凄凉的家里，有着这样的一个少女时时刻刻祈祷着她的出征的情人的安全。为什么而战呢？敏子姑娘是不明白的。而且恐怕大部分贵国的国民也不会明白罢。然而她毕竟贡献了最大的牺牲了，许多别的人也贡献了最大的牺牲了。

大量的血又在几公里以外畅快地流着。这两大民族间的残杀要继续到什么时候为止呢？这很难说。你们期待着我们的"屈膝"和"反省"。但是被迫着发动决死的抗战的我们，已经没有这样的余裕了，该"反省"的应该是你们。你们好像在玩火，如今已烧到眉尖，再一迟疑，就会酿成抱憾终身的巨祸。贵国的政客、军阀之流梦想着中国"屈膝"。中国人民是不会屈膝的。没有一种宿命能使中国灭亡。而日本帝国的崩溃倒是指顾间的事。你，一个社会

君子如玉
亦如铁

主义者,对于一个即将崩溃的帝国的最后的光荣,你还能够做什么呢?你等着举起反叛之旗的人民来揭发你背叛的阴谋吗?山川先生,我期待着你和你的同胞们的"反省"!

1937年9月19日在上海写完。

第三章
一身忧国心，千古敢言气

## 义愤 / 梁实秋

有一天我从马路上经过，看见壁上有一幅硕大无朋的宣传画，上面写着"我们要驱逐倭寇收回失地"，画的是一个倭兵，矮矮的身量，两腿如弓，身上全副披挂，脸上满是横肉，眼里冒着凶焰，嘴里露着獠齿，作狞笑状。他脚底下是一堆一堆的骷髅，他身背后是一摊一摊的瓦砾。他代表的是凶残、破坏、横暴、黑暗。这幅画的确画得不坏，因为它能活画出倭兵的一副穷凶极恶的气概。

过几天，我又从这里经过，我又回过头望望这幅壁画，情形稍微有点两样了。这画里的倭兵身上沾满了橘子瓤，脸上身上都沾满了橘子瓤。这些橘子，一经沾上，是不容落下来的。我略略查看，橘子瓣的块数在百八十以上，而且大多数都很准确的命中了，想见投掷的技术很不坏的。

投橘子瓣的是些什么人呢？当然是我们的爱国的民众。他们为什么要这样做呢？当然是因为激于义愤。他们看见这幅画里的倭兵，就想起真的倭兵来了，于是义愤填膺，顿起杀贼之念，可巧四川的橘子既多且贱，可巧嘴里正嚼着一瓣橘子，于是忍无可忍，呸的一声将橘瓣吐在手里，飕一声掷将过去，啪的一声不偏不倚的命中了倭兵的身上。一个人这样做，许多人起来仿行。顷刻而倭兵遍体疮痍，而我所费者仅为本来要吐在地上的百八十块橘瓣而已。

平心而论，这些义愤之士都是可钦佩的。他们是有良心的，他们是爱国的。从前我游西湖，看见岳坟前有不少人围绕着秦桧的铁像小便，大家争先恐后的向他身上浇冲，有些挤不进的便在很远的地方吐送一口黏痰过去。这件事虽与公共卫生有碍，然而也是一种义愤的表示。这都证明人心未死。

不过，我常想，假如我们把这种义愤积蓄起来，假如我们不亟亟的把橘瓣作为宣泄义愤的工具，假如我们能用一个更有效的方法使敌人感受一些真实的打击，那岂不是更好吗？

听说普法战后，法国的油画院中陈列着普兵屠害法人的画片，令法人有所警惕。这并非是"长他人的威风，灭自己的志气"，这是要锻炼磨砺人民的复仇心。听说那些画片上并没有橘子瓣或黏痰之类。

我们要驱逐倭寇,收回失地。那幅壁画是提醒我们这种意志的。戏台上的曹操,我们杀他做啥子?

(原载1939年1月10日《中央日报·平明》,署名子佳)

君子如玉
亦如铁

## 信心与反省 / 胡适

这一期（《独立》一〇三期）里有寿生先生的一篇文章，题为"我们要有信心"。在这文里，他提出一个大问题：中华民族真不行吗？他自己的答案是：我们是还有生存权的。

我很高兴我们的青年在这种恶劣空气里还能保持他们对于国家民族前途的绝大信心。这种信心是一个民族生存的基础，我们当然是完全同情的。

可是我们要补充一点：这种信心本身要建筑在稳固的基础之上，不可站在散沙之上，如果信仰的根据不稳固，一朝根基动摇了，信仰也就完了。

寿生先生不赞成那些旧人"拿什么五千年的古国哟，精神文明

## 第三章
### 一身忧国心,千古敢言气

哟,地大物博哟,来遮丑"。这是不错。然而他自己提出的民族信心的根据,依我看来,文字上虽然和他们不同,实质上还是和他们同样的站在散沙之上,同样的挡不住风吹雨打。例如他说:我们今日之改进不如日本之速者,就是因为我们的固有文化太丰富了。富于创造性的人,个性必强,接受性就较缓。

这种思想在实质上和那五千年古国精神文明的迷梦是同样的无稽的夸大。第一,他的原则"富于创造性的人,个性必强,接受性就较缓",这个大前提就是完全无稽之谈,就是懒惰的中国士大夫捏造出来替自己遮丑的胡说。事实上恰是相反的:凡富于创造性的人必敏于模仿,凡不善模仿的人决不能创造。创造是一个最误人的名词,其实创造只是模仿到十足时的一点点新花样。古人说的最好:"太阳之下,没有新的东西。"一切所谓创造都从模仿出来。我们不要被新名词骗了。新名词的模仿就是旧名词的"学"字;"学之为言效也"是一句不磨的老话。例如学琴,必须先模仿琴师弹琴;学画必须先模仿画师作画;就是画自然界的景物,也是模仿。模仿熟了,就是学会了,工具用的熟了,方法练的细密了,有天才的人自然会"熟能生巧",这一点功夫到时的奇巧新花样就叫做创造。凡不肯模仿,就是不肯学人的长处。不肯学如何能创造?伽利略(Galileo)听说荷兰有个磨镜匠人做成了一座望远镜,他就依他听说的造法,自己制造了一座望远镜。这就是模仿,也就是创造。从十七世纪初年到如今,望远镜和显微镜都年年有进步,可是这三百年的进步,步步是模仿,也步步是创造。一切进步都是如此:没有一件创造不是先从模仿下手的。孔子说的好:三人行,必有我师焉;择其善者而从之,其不善者而改之。

这就是一个圣人的模仿。懒人不肯模仿,所以决不会创造。一个民族也和个人一样,最肯学人的时代就是那个民族最伟大的时代;等到他不肯学人的时候,他的盛世已过去了,他已走上衰老僵化的时期了。我们中国民族最伟大的时代,正是我们最肯模仿四邻的时代:从汉到唐宋,一切建筑、绘画、雕刻、音乐、宗教、思想、算学、天文、工艺,那一件里没有模仿外国的重要成分?佛教和他带来的美术建筑,不用说了。从汉朝到今日,我们的历法改革,无一次不是采用外国的新法;最近三百年的历法是完全学西洋的,更不用说了。到了我们不肯学人家的好处的时候,我们的文化也就不进步了。我们到了民族中衰的时代,只有懒劲学印度人的吸食鸦片,却没有精力学"满洲"人的不缠脚,那就是我们自杀的法门了。

第二,我们不可轻视日本人的模仿。寿生先生也犯了一般人轻视日本的恶习惯,抹杀日本人善于模仿的绝大长处。日本的成

## 第三章
### 一身忧国心,千古敢言气

功,正可以证明我在上文说的"一切创造都从模仿出来"的原则。寿生说:从唐以至日本明治维新,千数百年间,日本有一件事足为中国取镜者吗?中国的学术思想在她手里去发展改进过吗?我们实无法说有。

这又是无稽的诬告了。三百年前,朱舜水到日本,他居留久了,能了解那个岛国民族的优点,所以他写信给中国的朋友说,日本的政治虽不能上比唐虞,可以说比得上三代盛世。这是一个中国大学者在长期寄居之后下的考语。是值得我们的注意的。日本民族的长处全在他们肯一心一意的学别人的好处。他们学了中国的无数好处,但始终不曾学我们的小脚,八股文,鸦片烟。这不够"为中国取镜"吗?他们学别国的文化,无论在那一方面,凡是学到家的,都能有创造的贡献。这是必然的道理。浅见的人都说日本的山水人物画是模仿中国的;其实日本画自有他的特点,在人物方面的成绩远胜过中国画,在山水方面也没有走上四王的笨路。在文学方面,他们也有很大的创造。近年已有人赏识日本的小诗了。我且举一个大家不甚留意的例子。文学史家往往说日本的《源氏物语》等作品是模仿中国唐人的小说《游仙窟》等画的。现今《游仙窟》已从日本翻印回中国来了,《源氏物语》也有了英国人卫来(今译威利)先生(Arthur Waley)的五巨册的译本。我们若比较这两部书，就不能不惊叹日本人创造力的伟大。如果《源氏》真是从模仿《游仙窟》出来的，那真是徒弟胜过师傅千万倍了！寿生先生原文里批评日本的工商业，也是中了成见的毒。日本今日工商业的长脚发展，虽然也受了生活程度比人低和货币低落的恩惠，但他的根基实在是全靠科学与工商业的进步。今日大阪与兰肯歇的竞争，骨子里还是新式工业与旧式工业的竞争。日本今日自造的纺织器是世界各国公认为最新最良的。今日英国纺织业也不能不购买日本的新机器了。这是从模仿到创造的最好的例子。不然，我们工人的工资比日本更低，货币平常也比日本钱更贱，为什么我们不能"与他国资本家抢商场"呢？我们到了今日，若还要抹杀事实，笑人模仿，而自居于"富于创造性者"的不屑模仿，那真是盲目的夸大狂了。

第三，再看看"我们的固有文化"是不是真的"太丰富了"。寿生和其他夸大本国固有文化的人们，如果真肯平心想想，必然也会明白这句话也是无根的乱谈。这个问题太大，不是这篇短文里所能详细讨论的，我只能指出几个比较重要之点，使人明白我们的固有文化实在是很贫乏的，谈不到"太丰富"的梦话。近代的科学文化，工业文化，我们可以撇开不谈，因为在那些方面，我们的贫乏未免太丢人了。我们且谈谈老远的过去时代罢。我们的周秦时代当然可以和希腊罗马相提并论，然而我们如果平心研究希腊罗马的文

## 第三章
### 一身忧国心，千古敢言气

学，雕刻，科学，政治，单是这四项就不能不使我们感觉我们的文化的贫乏了。尤其是造形美术与算学的两方面，我们真不能不低头愧汗。我们试想想，《几何原本》的作者欧几里得（Euclid）正和孟子先后同时；在那么早的时代，在二千多年前，我们在科学上早已太落后了！（少年爱国的人何不试拿《墨子·经上篇》里的三五条几何学界说来比较《几何原本》？）从此以后，我们所有的，欧洲也都有；我们所没有的，人家所独有的，人家都比我们强。试举一个例子：欧洲有三个一千年的大学，有许多个五百年以上的大学，至今继续存在，继续发展；我们有没有？至于我们所独有的宝贝，骈文，律诗，八股，小脚，太监，姨太太，五世同居的大家庭，贞节牌坊，地狱活现的监狱，廷杖，板子夹棍的法庭，……虽然"丰富"，虽然"在这世界无不足以单独成一系统"，究竟都是使我们抬不起头来的文物制度。即如寿生先生指出的"那更光辉万丈"的宋明理学，说起来也真正可怜！讲了七八百年的理学，没有一个理学圣贤起来指出裹小脚是不人道的野蛮行为，只见大家崇信"饿死事极小，失节事极大"的吃人礼教；请问那万丈光辉究竟照耀到那里去了？

以上说的，都只是略略指出寿生先生代表的民族信心是建筑在散沙上面，经不起风吹草动，就会倒塌下来的。信心是我们需要的，但无根据的信心是没有力量的。

可靠的民族信心，必须建筑在一个坚固的基础之上，祖宗的光荣自是祖宗之光荣，不能救我们的痛苦羞辱。何况祖宗所建的基业不全是光荣呢？我们要指出：我们的民族信心必须站在"反省"的唯一基础之上。反省就是要闭门思过，要诚心诚意的想，我们祖宗的罪孽深重，我们自己的罪孽深重；要认清了罪孽所在，然后我们可以用全副精力去消灾灭罪。寿生先生引了一句"中国不亡是无天理"的悲叹词句，他也许不知道这句伤心的话是我十三四年前在中央公园后面柏树下对孙伏园先生说的，第二天被他记在《晨报》上，就流传至今。我说出那句话的目的，不是要人消极，是要人反省；不是要人灰心，是要人起信心，发下大弘誓来忏悔，来替祖宗忏悔，替我们自己忏悔；要发愿造新因来替代旧日种下的恶因。

今日的大患在于全国人不知耻。所以不知耻者，只是因为不曾反省。一个国家兵力不如人，被人打败了，被人抢夺了一大块土地去，这不算是最大的耻辱。一个国家在今日还容许整个的省份遍种鸦片烟，一个政府在今日还要依靠鸦片烟的税收——公卖税，吸户税，烟苗税，过境税——来做政府的收入的一部分，这是最大的耻辱。一个现代民族在今日还容许他们的最高官吏公然提倡什么"时轮金刚法会""息灾利民法会"，这是最大的耻辱。一个国家

## 第三章
### 一身忧国心,千古敢言气

有五千年的历史,而没有一个四十年的大学,甚至于没有一个真正完备的大学,这是最大的耻辱。一个国家能养三百万不能捍卫国家的兵,而至今不肯计划任何区域的国民义务教育,这是最大的耻辱。

真诚的反省自然发生真诚的愧耻。孟子说的好:"不耻不若人,何若人有?"真诚的愧耻自然引起向上的努力,要发弘愿努力学人家的好处,铲除自家的罪恶。经过这种反省与忏悔之后,然后可以起新的信心:要信仰我们自己正是拨乱反正的人,这个担子必须我们自己来挑起。三四十年的天足运动已经差不多完全铲除了小脚的风气:从前大脚的女人要装小脚,现在小脚的女人要装大脚了。风气转移的这样快,这不够坚定我们的自信心吗?

历史的反省自然使我们明了今日的失败都因为过去的不努力,同时也可以使我们格外明了"种瓜得瓜,种豆得豆"的因果铁律。铲除过去的罪孽只是割断已往种下的果。我们要收新果,必须努力造新因。祖宗生在过去的时代,他们没有我们今日的新工具,也居然能给我们留下了不少的遗产。我们今日有了祖宗不曾梦见的种种新工具,当然应该有比祖宗高明千百倍的成绩,才对得起这个新鲜的世界。日本一个小岛国,那么贫瘠的土地,那么少的人民,只因为伊藤博文、大久保利通、西乡隆盛等几十个人的努力，只因为他们肯拼命的学人家，肯拼命的用这个世界的新工具，居然在半个世纪之内一跃而为世界三五大强国之一。这不够鼓舞我们的信心吗？

  反省的结果应该使我们明白那五千年的精神文明。那"光辉万丈"的宋明理学，那并不太丰富的固有文化，都是无济于事的银样镴枪头。我们的前途在我们自己的手里。我们的信心应该望在我们的将来。我们的将来全靠我们下什么种，出多少力。"播了种一定会有收获，用了力绝不至于白费"，这是翁文灏先生要我们有的信心。

第三章
一身忧国心，千古敢言气

# 再论信心与反省 / 胡适

在《独立》第一〇三期，我写了一篇《信心与反省》，指出我们对国家民族的信心不能建筑在歌颂过去上，只可以建筑在"反省"的唯一基础之上。在那篇讨论里，我曾指出我们的固有文化是很贫乏的，决不能说是"太丰富了"的；我们的文化，比起欧洲一系的文化来，"我们所有的，人家也都有；我们所没有的，人家所独有的，人家都比我们强。至于我们所独有的宝贝，骈文，律诗，八股，小脚……又都是使我们抬不起头来的文物制度"。所以我们应该反省：认清了我们的祖宗和我们自己的罪孽深重，然后肯用全力去消灾灭罪；认清了自己百事不如人，然后肯死心塌地的去学人家的长处。

我知道这种论调在今日是很不合时宜的,是触犯忌讳的,是至少要引起严厉的抗议的。可是我心里要说的话,不能因为人不爱听就不说了。正因为人不爱听,所以我更觉得有不能不说的责任。

果然,那篇文章引起了一位读者子固先生的悲愤,害他终夜不能睡眠,害他半夜起来写他的抗议,直写到天明。他的文章,《怎样才能建立起民族的信心》是一篇很诚恳的、很沉痛的反省。我很尊敬他的悲愤,所以我很愿意讨论他提出的论点,很诚恳的指出他那"一半不同"正是全部不同。

子固先生的主要论点是:我们民族这七八十年以来,与欧美文化接触,许多新奇的现象炫盲了我们的眼睛,在这炫盲当中,我们一方面没出息地丢了我们固有的维系并且引导我们向上的文化,另一方面我们又没有能够抓住外来文化之中那种能够帮助我们民族更为强盛的一部分。结果我们走入迷途,堕落下去!

忠孝仁爱信义和平是维系并且引导我们民族向上的固有文化,科学是外来文化中能够帮助我们民族更为强盛的一部分。子固先生的论调,其实还是三四十年前的老辈的论调。他们认得了富强的需要,所以不反对西方的科学工业;但他们心里很坚决的相信一切伦纪道德是我们所固有而不须外求的。老辈之中,一位最伟大的

## 第三章
### 一身忧国心，千古敢言气

孙中山先生，在他的通俗讲演里，也不免要敷衍一般夸大狂的中国人，说"中国先前的忠孝仁爱信义种种的旧道德"都是"驾乎外国人"之上。中山先生这种议论在今日往往被一般人利用来做复古运动的典故，所以有些人就说"中国本来是一个由美德筑成的黄金世界"了（这是民国十八年叶楚伧先生的名言）！

子固先生也特别提出孙中山先生的伟大，特别颂扬他能"在当时一班知识阶级盲目崇拜欧美文化的狂流中，巍然不动地指示我们救国必须恢复我们固有文化，同时学习欧美科学"。但他（子固）如果留心细读中山先生的讲演，就可以看出他当时说那话时是很费力的，很不容易自圆其说的。例如讲"修身"，中山先生很明白的说：但是从修身一方面来看，我们中国人对于这些功夫是很缺乏的。中国人一举一动都欠检点，只要和中国人来往过一次，便看得很清楚。（《三民主义》六）

他还对我们说：所以今天讲到修身，诸位新青年，便应该学外国人的新文化。（《三民主义》六）

可是他一会儿又回过去颂扬固有的旧道德了。本来有保守性的读者只记得中山先生颂扬旧道德的话，却不曾细想他所颂扬的旧道德都只是几个人类共有的理想，并不是我们这个民族实行最力的道德。例如他说的"忠孝仁爱信义和平"，哪一件不是东西哲人共

君子如玉
亦如铁

同提倡的理想？除了割股治病，卧冰求鲤，一类不近人情的行动之外，哪一件不是世界文明人类公有的理想？孙中山先生也曾说过：照这样实行一方面讲起来，仁爱的好道德，中国人现在似乎远不如外国。……但是仁爱还是中国的旧道德。我们要学外国，只要学他们那样实行，把仁爱恢复起来，再去发扬光大，便是中国固有的精神。（同上书）

在这短短一段话里，我们可以看出中山先生未尝不明白在仁爱的"实行"上，我们实在远不如人。所谓"仁爱还是中国的旧道德"者，只是那个道德的名称罢了。中山先生很明白的教人：修身应该学外国人的新文化，仁爱也"要学外国"。但这些话中的话都是一般人不注意的。

在这些方面，吴稚晖先生比孙中山先生彻底多了。吴先生在他的《一个新信仰的宇宙观及人生观》里，很大胆的说中国民族的"总和道德是低浅的"；同时他又指出西洋民族：什么仁义道德，孝悌忠信，吃饭睡觉，无一不较上三族（阿拉伯，印度，中国）的人较有作法，较有热心。……讲他们的总和道德叫做高明。

这是很公允的评判。忠孝信义仁爱和平，都是有文化的民族共有的理想；在文字理论上，犹太人，印度人，阿拉伯人，希腊人，以至近世各文明民族，都讲的头头是道。所不同者，全在吴先

## 第三章
一身忧国心，千古敢言气

生说的"有作法，有热心"两点。若没有切实的办法，没有真挚的热心，虽然有整千万册的理学书，终无救于道德的低浅。宋明的理学圣贤，谈性谈心，谈居敬，谈致良知，终因为没有作法，只能走上"终日端坐，如泥塑人"的死路上去。

我所以要特别提出子固先生的论点，只因为他的悲愤是可敬的，而他的解决方案还是无补于他的悲愤。他的方案，一面学科学，一面恢复我们固有的文化，还只是张之洞一辈人说的"中学为体，西学为用"的方案。老实说，这条路是走不通的。如果过去的文化是值得恢复的，我们今天不至糟到这步田地了。况且没有那科学工业的现代文化基础，是无法发扬什么文化的"伟大精神"的。忠孝仁爱信义和平是永远存在书本子里的；但是因为我们的祖宗只会把这些好听的名词都写作八股文章，画作太极图，编作理学语录，所以那些好听的名词都不能变成有作法有热心的事实。西洋人跳出了经院时代之后，努力做征服自然的事业，征服了海洋，征服了大地，征服了空气电气，征服了不少的原质，征服了不少的微生物，——这都不是什么"保存国粹""发扬固有文化"的口号所能包括的工作，然而科学与工业发达的自然结果是提高了人民的生活，提高了人类的幸福，提高了各个参加国家的文化。结果就是吴稚晖先生说的"总和道德叫做高明"。

君子如玉
亦如铁

世间讲"仁爱"的书,莫过于《华严经》的《净行品》,那一篇妙文教人时时刻刻不可忘了人类的痛苦与缺陷,甚至于大便小便时都要发愿不忘众生:

左右便利,当愿众生,蠲除污秽,无淫怒痴。
已而就水,当愿众生,向无上道,得出世法。
以水涤秽,当愿众生,具足净忍,毕竟无垢。
以水盥掌,当愿众生,得上妙手,受持佛法。……

但是一个和尚的弘愿,究竟能做到多少实际的"仁爱"?回头看看那一心想征服自然的科学救世者,他们发现了一种病菌,制成了一种血清,可以救活无量数的人类,其为"仁爱",岂不是千万倍的伟大?

以上的讨论,好像全不曾顾到"民族的信心"的一个原来问题。这是因为子固先生的理论,剥除了一些动了感情的话,实在只说了一个"中学为体,西学为用"的老方案,所以我要指出这个方案的"一半"是行不通的:忠孝仁爱信义和平等等并不是"维系并且引导我们民族向上的固有文化",他们不过是人类共有的几个理想,如果没有作法,没有热力,只是一些空名词而已。这些好

## 第三章
一身忧国心，千古敢言气

名词的存在并不曾挽救或阻止"八股，小脚，太监，姨太太，贞节牌坊，地狱的监牢，夹棍板子的法庭"的存在。这些八股，小脚等等"固有文化"的崩溃，也全不是程颢，朱熹，顾亭林，戴东原等等圣贤的功绩，乃是"与欧美文化接触"之后，那科学工业造成的新文化叫我们相形之下太难堪了，这些东方文明的罪孽方才逐渐崩溃的。我要指出：我们民族这七八十年来与欧美文化接触的结果，虽然还不曾学到那个整个的科学工业的文明（可怜丁文江，翁文灏，颜任光诸位先生都还是四十多岁的少年，他们的工作刚开始哩！），究竟已替我们的祖宗消除了无数的罪孽，打倒了"小脚，八股，太监，五世同居的大家庭，贞节牌坊，地狱活现的监狱，夹棍板子的法庭"的一大部分或一小部分。这都是我们的"数不清的圣贤天才"从来不曾指摘讥弹的；这都是"忠孝仁爱信义和平"的固有文化从来不曾"引导向上"的。这些祖宗罪孽的崩溃，固然大部分是欧美文明的恩赐，同时也可以表示我们在这七八十年中至少也还做到了这些消极的进步。子固先生说我们在这七八十年中"走入迷途，堕落下去"，这真是无稽的诬告！中国民族在这七八十年中何尝"堕落"？在几十年之中，废除了三千年的太监，一千年的小脚，六百年的八股，五千年的酷刑，这是"向上"，不是堕落！

> 君子如玉
> 亦如铁

不过我们的"向上"还不够，努力还不够。八股废止至今不过三十年，八股的训练还存在大多数老而不死的人的心灵里，还间接直接的传授到我们的无数的青年人的脑筋里。今日还是一个大家做八股的中国，虽然题目换了，小脚逐渐绝迹了，夹棍板子、砍头碎剐废止了，但裹小脚的残酷心理，上夹棍打屁股的野蛮心理，都还存在无数老少人们的心灵里。今日还是一个残忍野蛮的中国，所以始终还不曾走上法治的路，更谈不到仁爱和平了。

所以我十分诚挚的对全国人说：我们今日还要反省，还要闭门思过，还要认清祖宗和我们自己的罪孽深重，绝不是这样浅薄的"与欧美文化接触"就可以脱胎换骨的。我们要认清那个容忍拥戴"小脚，八股，太监，姨太太，骈文，律诗，五世同居的大家庭，贞节牌坊，地狱的监牢，夹棍板子的法庭"到几千几百年之久的固有文化，是不足迷恋的，是不能引我们向上的。那里面浮沉着的几个圣贤豪杰，其中当然有值得我们崇敬的人，但那几十颗星儿终究照不亮那满天的黑暗。我们的光荣的文化不在过去，是在将来，是在那扫清了祖宗的罪孽之后重新改造出来的文化。替祖国消除罪孽，替子孙建立文明，这是我们人人的责任。古代哲人曾参说的最好：士不可以不弘毅：任重而道远。先明白了"任重而道远"的艰难，自然不轻易灰心失望了。凡是轻易灰心失望的人，

第三章
一身忧国心，千古敢言气

都只是不曾认清他挑的是一个百斤的重担，走的是一条万里的长路。今天挑不动，努力磨炼了总有挑得起的一天。今天走不完，走得一里前途就缩短了一里。"播了种一定会有收获，用了力决不至于白费"，这是我们最可靠的信心。

第四章
# 宁可枝头抱香死,何曾吹落北风中

青年代的知识分子却不如此,
他们无视传统的气节,特别是那种消极的节,
替代的是正义感,接着正义感的是行动,
其实正义感是合并了气和节,行动还是气。
这是他们的新的做人的尺度。

第四章
宁可枝头抱香死，何曾吹落北风中

## 论气节 / 朱自清

气节是我国固有的道德标准，现代还用着这个标准来衡量人们的行为，主要的是所谓读书人或士人的立身处世之道。但这似乎只在中年一代如此，青年代倒像不大理会这种传统的标准，他们在用着正在建立的新的标准，也可以叫做新的尺度。中年代一般的接受这传统，青年代却不理会它，这种脱节的现象是这种变的时代或动乱时代常有的。因此就引不起什么讨论。直到近年，冯雪峰先生才将这标准这传统作为问题提出，加以分析和批判：这是在他的《乡风与市风》那本杂文集里。

冯先生指出士节的两种典型：一是忠臣，一是清高之士。他说后者往往因为脱离了现实，成为为节而节的虚无主义者，结果往往会变了节。他却又说士节是对人生的一种坚定的态度，是个人意志独立的表现。因此也可以成就接近人民的叛逆者或革命家，但是这种人物的造就或完成，只有在后来的时代，例如我们的时代。冯先生的分析，笔者大体同意；对这个问题笔者近来也常常加以思索，现在写出自己的一些意见，也许可以补充冯先生所没有说到的。

气和节似乎原是两个各自独立的意念。《左传》上有"一鼓作气"的话，是说战斗的。后来所谓士气就是这个气，也就是斗志；这个士指的是武士。孟子提倡的"浩然之气"，似乎就是这个气的转变与扩充。他说"至大至刚"，说"养勇"，都是带有战斗性的。浩然之气是集义所生，义就是有理或公道。后来所谓义气，意思要狭隘些，可也算是浩然之气的分支。现在我们常说的正义感，虽然特别强调现实，似乎也还可以算是跟"浩然之气"联系着的。至于文天祥所歌咏的正气，更显然跟"浩然之气"一脉相承。不过在笔者看来两者却并不完全相同，文氏似乎在强调那消极的节。

节的意念也在先秦时代就有了，《左传》里有"圣达节，次守节，下失节"的话。古代注重礼乐，乐的精神是和，礼的精神是节。礼乐是贵族生活的手段，也可以说是目的。

## 第四章
### 宁可枝头抱香死，何曾吹落北风中

他们要定等级，明分际，要有稳固的社会秩序，所以要节，但是他们要统治，要上统下，所以也要和。礼以节为主，可也得跟和配合着；乐以和为主，可也得跟节配合着。节跟和是相反相成的。明白了这个道理，我们可以说所谓"圣达节"等等的节，是从礼乐里引申出来成了行为的标准或做人的标准；而这个节其实也就是传统的中道。按说和也是中道，不同的是和重在合，节重在分；重在分所以重在不犯不乱，这就带上消极性了。

向来论气节的，大概总从东汉末年的党祸起头。那是所谓处士横议的时代。在野的士人纷纷的批评和攻击宦官们的贪污政治，中心似乎在太学。这些在野的士人虽然没有严密的组织，却已经在联合起来，并且博得了人民的同情。宦官们害怕了，于是乎逮捕拘禁那些领导人。这就是所谓"党锢"或"钩党"，"钩"是"钩连"的意思。从这两个名称上可以见出这是一种群众的力量。那时逃亡的党人，家家愿意收容着，所谓"望门投止"，也可以见出人民的态度，这种党人，大家尊为气节之士。气是敢作敢为，节是有所不为——有所不为也就是不合作。这敢作敢为是以集体的力量为基础的，跟孟子的"浩然之气"与世俗所谓"义气"只注重领导者的个人不一样。后来宋朝几千太学生请愿罢免奸臣，以及明朝东林党的攻击宦官，都是集体运动，也都是气节的表现。但是这种表现

君子如玉
亦如铁

里似乎积极的气更重于消极的节。

在专制时代的种种社会条件之下，集体的行动是不容易表现的，于是士人的立身处世就偏向了"节"这个标准。在朝的要做忠臣。这种忠节或是表现在冒犯君主尊严的直谏上，有时因此牺牲性命；或是表现在不做新朝的官甚至以身殉国上。忠而至于死，那是忠而又烈了。在野的要做清高之士，这种人表示不愿和在朝的人合作，因而游离于现实之外；或者更逃避到山林之中，那就是隐逸之士了。这两种节，忠节与高节，都是个人的消极的表现。忠节至多造就一些失败的英雄，高节更只能造就一些明哲保身的自了汉，甚至于一些虚无主义者。原来气是动的，可以变化。我们常说志气，志是心之所向，可以在四方，可以在千里，志和气是配合着的。节却是静的，不变的；所以要守节，要不失节。有时候节甚至于是死的，死的节跟活的现实脱了榫，于是乎自命清高的人结果变了节，冯雪峰先生论到周作人，就是眼前的例子。从统治阶级的立场看，忠言逆耳利于行，忠臣到底是卫护着这个阶级的，而清高之士消纳了叛逆者，也是有利于这个阶级的。所以宋朝人说"饿死事小，失节事大"，原先说的是女人，后来也用来说士人，这正是统治阶级代言人的口气，但是也表示着到了那时代士的个人地位的增

## 第四章
### 宁可枝头抱香死,何曾吹落北风中

高和责任的加重。

士或称为读书人,是统治阶级最下层的单位,并非帮闲。他们的利害跟君相是共同的,在朝固然如此,在野也未尝不如此。固然在野的处士可以不受君臣名分的束缚,可以"不事王侯,高尚其事",但是他们得吃饭,这饭恐怕还得靠农民耕给他们吃,而这些农民大概是属于他们做官的祖宗的遗产的。"躬耕"往往是一句门面话,就是偶然有个把真正躬耕的如陶渊明,精神上或意识形态上也还是在负着天下兴亡之责的士,陶的《述酒》等诗就是证据。可见处士虽然有时横议,那只是自家人吵嘴闹架,他们生活的基础一般的主要的还是在农民的劳动上,跟君主与在朝的大夫并无两样,而一般的主要的意识形态,彼此也是一致的。

然而士终于变质了,这可以说是到了民国时代才显著。从清朝末年开设学校,教员和学生渐渐加多,他们渐渐各自形成一个集团;其中有不少的人参加革新运动或革命运动,而大多数也倾向着这两种运动。这已是气重于节了。等到民国成立,理论上人民是主人,事实上是军阀争权。这时代的教员和学生意识着自己的主人身份,游离了统治的军阀;他们是在野,可是由于军阀政治的腐败,却渐渐获得了一种领导的地位。他们虽然还不能和民众打成一片，但是已经在渐渐的接近民众。五四运动划出了一个新时代。自由主义建筑在自由职业和社会分工的基础上。教员是自由职业者，不是官，也不是候补的官。学生也可以选择多元的职业，不是只有做官一路。他们于是从统治阶级独立，不再是士或所谓读书人，而变成了知识分子，集体的就是知识阶级。残余的士或读书人自然也还有，不过只是些残余罢了。这种变质是中国现代化的过程的一段，而中国的知识阶级在这过程中也曾尽了并且还在想尽他们的任务，跟这时代世界上别处的知识阶级一样，也分享着他们一般的运命。若用气节的标准来衡量，这些知识分子或这个知识阶级开头是气重于节，到了现在却又似乎是节重于气了。

知识阶级开头凭着集团的力量勇猛直前，打倒种种传统，那时候是敢作敢为一股气。可是这个集团并不大，在中国尤其如此，力量到底有限，而与民众打成一片又不容易，于是碰到集中的武力，甚至加上外来的压力，就抵挡不住。而一方面广大的民众抬头要饭吃，他们也没法满足这些饥饿的民众。他们于是失去了领导的地位，逗留在这夹缝中间，渐渐感觉着不自由，闹了个"四大金刚悬空八只脚"。他们于是只能保守着自己，这也算是节罢；也想缓缓的落下地去，可是气不足，得等着瞧。可是这里的是偏于中年一代。青年代的知识分子却不如此，他们无视传统的气节，特别是那种消极的节,替代的是正义感,接着正义感的是行动,其实正义感是合并了气和节,行动还是气。这是他们的新的做人的尺度。等到这个尺度成为标准,知识阶级大概是还要变质的罢?

1947年4月13~14日作。

(原载1947年5月1日《知识与生活》第二期)

君子如玉
亦如铁

# 论吃饭 / 朱自清

我们有自古流传的两句话：一是"衣食足则知荣辱"，见于《管子·牧民》篇，一是"民以食为天"，是汉朝郦食其说的。这些都是从实际政治上认出了民食的基本性，也就是说从人民方面看，吃饭第一。另一方面，告子说，"食色，性也"，是从人生哲学上肯定了食是生活的两大基本要求之一。《礼记·礼运》篇也说到"饮食男女，人之大欲存焉"，这更明白。照后面这两句话，吃饭和性欲是同等重要的，可是照这两句话里的次序，"食"或"饮食"都在前头，所以还是吃饭第一。

这吃饭第一的道理，一般社会似乎也都默认。虽然历史上没有明白的记载，但是近代的情形，据我们的耳闻目见，似乎足以

## 第四章
### 宁可枝头抱香死，何曾吹落北风中

教我们相信从古如此。例如苏北的饥民群到江南就食，差不多年年有。最近天津《大公报》登载的费孝通先生的《不是崩溃是瘫痪》一文中就提到这个。这些难民虽然让人们讨厌，可是得给他们饭吃。给他们饭吃固然也有一二成出于慈善心，就是恻隐心，但是八九成是怕他们，怕他们铤而走险，"小人穷斯滥矣"，什么事做不出来！给他们吃饭，江南人算是认了。

可是法律管不着他们吗？官儿管不着他们吗？干吗要怕要认呢？可是法律不外乎人情，没饭吃要吃饭是人情，人情不是法律和官儿压得下的。没饭吃会饿死，严刑峻罚大不了也只是个死，这是一群人，群就是力量：谁怕谁！在怕的倒是那些有饭吃的人们，他们没奈何只得认点儿。所谓人情，就是自然的需求，就是基本的欲望，其实也就是基本的权利。但是饥民群还不自觉有这种权利，一般社会也还不会认清他们有这种权利；饥民群只是冲动的要吃饭，而一般社会给他们饭吃，也只是默认了他们的道理，这道理就是吃饭第一。

三十年夏天笔者在成都住家，知道了所谓"吃大户"的情形。那正是青黄不接的时候，天又干，米粮大涨价，并且不容易买到手。于是乎一群一群的贫民一面抢米仓，一面"吃大户"。他们开进大户人家，让他们煮出饭来吃了就走。这叫做"吃大户"。

君子如玉
亦如铁

"吃大户"是和平的手段,照惯例是不能拒绝的,虽然被吃的人家不乐意。当然真正有势力的尤其有枪杆的大户,穷人们也识相,是不敢去吃的。敢去吃的那些大户,被吃了也只好认了。那回一直这样吃了两三天,地面上一面赶办平粜,一面严令禁止,才打住了。据说这"吃大户"是古风;那么上文说的饥民就食,该更是古风罢。

但是儒家对于吃饭却另有标准。孔子认为政治的信用比民食更重,孟子倒是以民食为仁政的根本;这因为春秋时代不必争取人民,战国时代就非争取人民不可。然而他们论到士人,却都将吃饭看做一个不足重轻的项目。孔子说,"君子固穷",说吃粗饭,喝冷水,"乐在其中",又称赞颜回吃喝不够,"不改其乐"。道学家称这种乐处为"孔颜乐处",他们教人"寻孔颜乐处",学习这种为理想而忍饥挨饿的精神。这理想就是孟子说的"穷则独善其身,达则兼善天下",也就是所谓"节"和"道"。孟子一方面不赞成告子说的"食色,性也",一方面在论"大丈夫"的时候列入了"贫贱不能移"一个条件。战国时代的"大丈夫",相当于春秋时的"君子",都是治人的劳心的人。这些人虽然也有饿饭的时候,但是一朝得了时,吃饭是不成问题的,不像小民往往一辈子为了吃饭而挣扎着。因此士人就不难将道和节放在第一,而认为吃饭

## 第四章
### 宁可枝头抱香死,何曾吹落北风中

好像是一个不足重轻的项目了。

伯夷、叔齐据说反对周武王伐纣,认为以臣伐君,因此不食周粟,饿死在首阳山。这也是只顾理想的节而不顾吃饭的。配合着儒家的理论,伯夷、叔齐成为士人立身的一种特殊的标准。所谓特殊的标准就是理想的最高的标准;士人虽然不一定人人都要做到这地步,但是能够做到这地步最好。

经过宋朝道学家的提倡,这标准更成了一般的标准,士人连妇女都要做到这地步。这就是所谓"饿死事小,失节事大"。这句话原来是论妇女的,后来却扩而充之普遍应用起来,造成了无数的惨酷的愚蠢的殉节事件。这正是"吃人的礼教"。人不吃饭,礼教吃人,到了这地步总是不合理的。

士人对于吃饭却还有另一种实际的看法。北宋的宋郊、宋祁兄弟俩都做了大官,住宅挨着。宋祁那边常常宴会歌舞,宋郊听不下去,教人和他弟弟说,问他还记得当年在和尚庙里咬菜根否?宋祁却答得妙:请问当年咬菜根是为什么来着!这正是所谓"吃得苦中苦,方为人上人"。做了"人上人",吃得好,穿得好,玩儿得好;"兼善天下"于是成了个幌子。照这个看法,忍饥挨饿或者吃粗饭、喝冷水,只是为了有朝一日可以大吃大喝,痛快的玩儿。吃饭第一原是人情,大多数士人恐怕正是这么在想。不过宋郊、宋祁

## 君子如玉
## 亦如铁

的时代,道学刚起头,所以宋祁还敢公然表示他的享乐主义;后来士人的地位增进,责任加重,道学的严格的标准掩护着也约束着在治者地位的士人,他们大多数心里尽管那么在想,嘴里却就不敢说出。嘴里虽然不敢说出,可是实际上往往还是在享乐着。于是他们多吃多喝,就有了少吃少喝的人;这少吃少喝的自然是被治的广大的民众。

民众,尤其农民,大多数是听天由命安分守己的,他们惯于忍饥挨饿,几千年来都如此。除非到了最后关头,他们是不会行动的。他们到别处就食,抢米,吃大户,甚至于造反,都是被逼得无路可走才如此。这里可以注意的是他们不说话;"不得了"就行动,忍得住就沉默。他们要饭吃,却不知道自己应该有饭吃;他们行动,却觉得这种行动是不合法的,所以就索性不说什么话。说话的还是士人。他们由于印刷的发明和教育的发展等等,人数加多了,吃饭的机会可并不加多,于是许多人也感到吃饭难了。这就有了"世上无如吃饭难"的慨叹。虽然难,比起小民来还是容易。因为他们究竟属于治者,"百足之虫,死而不僵",有的是做官的本家和亲戚朋友,总得给口饭吃;这饭并且总比小民吃的好。孟子说做官可以让"所识穷乏者得我",自古以来做了官就有引用穷本家穷亲戚穷朋友的义务。到了民国,黎元洪总统更提出了"有饭大家

## 第四章
### 宁可枝头抱香死,何曾吹落北风中

吃"的话。这真是"菩萨"心肠,可是当时只当作笑话。原来这句话说在一位总统嘴里,就是贤愚不分,赏罚不明,就是糊涂。然而到了那时候,这句话却已经藏在差不多每一个士人的心里。难得的倒是这糊涂!

第一次世界大战加上五四运动,带来了一连串的变化,中华民国在一颠一拐的走着之字路,走向现代化了。我们有了知识阶级,也有了劳动阶级,有了索薪,也有了罢工,这些都在要求"有饭大家吃"。知识阶级改变了士人的面目,劳动阶级改变了小民的面目,他们开始了集体的行动;他们不能再安贫乐道了,也不能再安分守己了,他们认出了吃饭是天赋人权,公开的要饭吃,不是大吃大喝,是够吃够喝,甚至于只要有吃有喝。然而这还只是刚起头。到了这次世界大战当中,罗斯福总统提出了四大自由,第四项是"免于匮乏的自由"。"匮乏"自然以没饭吃为首,人们至少该有免于没饭吃的自由。这就加强了人民的吃饭权,也肯定了人民的吃饭的要求;这也是"有饭大家吃",但是着眼在平民,在全民,意义大不同了。

抗战胜利后的中国,想不到吃饭更难,没饭吃的也更多了。到了今天一般人民真是不得了,再也忍不住了,吃不饱甚至没饭吃,什么礼义什么文化都说不上。这日子就是不知道吃饭权也会起来行动了，知道了吃饭权的，更怎么能够不起来行动，要求这种"免于匮乏的自由"呢？于是学生写出"饥饿事大，读书事小"的标语，工人喊出"我们要吃饭"的口号。这是我们历史上第一回一般人民公开的承认了吃饭第一。这其实比闷在心里糊涂的骚动好得多；这是集体的要求，集体是有组织的，有组织就不容易大乱了。可是有组织也不容易散；人情加上人权，这集体的行动是压不下也打不散的，直到大家有饭吃的那一天。

1947年6月21日作。

（原载1947年7月6日上海《大公报》副刊《星期文艺》第9期）

## 第四章
宁可枝头抱香死,何曾吹落北风中

## 论书生的酸气 / 朱自清

读书人又称书生。这固然是个可以骄傲的名字,如说"一介书生""书生本色",都含有清高的意味。但是正因为清高,和现实脱了节,所以书生也是嘲讽的对象。人们常说"书呆子""迂夫子""腐儒""学究"等,都是嘲讽书生的。"呆"是不明利害,"迂"是绕大弯儿,"腐"是顽固守旧,"学究"是指一孔之见。总之,都是知古不知今,知书不知人,食而不化的读死书或死读书,所以在现实生活里老是吃亏、误事、闹笑话。总之,书生的被嘲笑是在他们对于书的过分的执着上;过分的执着书,书就成了话柄了。

但是还有"寒酸"一个话语,也是形容书生的。"寒"是"寒素",对"膏粱"而言。是魏晋南北朝分别门第的用语。"寒门"或"寒人"并不限于书生,武人也在里头;"寒士"才指书生。这"寒"指生活情形,指家世出身,并不关涉到书;单这个字也不含嘲讽的意味。加上"酸"字成为连语,就不同了,好像一副可怜相活现在眼前似的。"寒酸"似乎原作"酸寒"。韩愈《荐士》诗,"酸寒溧阳尉",指的是孟郊。后来说"郊寒岛瘦",孟郊和贾岛都是失意的人,作的也是失意诗。"寒"和"瘦"映衬起来,够可怜相的,但是韩愈说"酸寒",似乎"酸"比"寒"重。可怜别人说"酸寒",可怜自己也说"酸寒",所以苏轼有"故人留饮慰酸寒"的诗句。陆游有"书生老瘦转酸寒"的诗句。"老瘦"固然可怜相,感激"故人留饮"也不免有点儿。范成大说"酸"是"书生气味",但是他要"洗尽书生气味酸",那大概是所谓"大丈夫不受人怜"罢?

  为什么"酸"是"书生气味"呢?怎么样才是"酸"呢?话柄似乎还是在书上。我想这个"酸"原是指读书的声调说的。晋以来的清谈很注重说话的声调和读书的声调。说话注重音调和辞气,以朗畅为好。读书注重声调,从《世说新语·文学》篇所记殷仲堪的话可见;他说,"三日不读《道德经》,便觉舌本间强",说到舌头,可见注重发音,注重发音也就是注重声调。《任诞》篇又记王

## 第四章
### 宁可枝头抱香死,何曾吹落北风中

孝伯说:"名士不必须奇才,但使常得无事,痛饮酒,熟读《离骚》,便可称名士。"这"熟读《离骚》"该也是高声朗诵,更可见当时风气。《豪爽》篇记"王司州(胡之)在谢公(安)坐,咏《离骚》《九歌》'人不言兮出不辞,乘回风兮载云旗',语人云,'当尔时,觉一坐无人'。"正是这种名士气的好例。读古人的书注重声调,读自己的诗自然更注重声调。《文学》篇记着袁宏的故事:

> 袁虎(宏小名虎)少贫,尝为人佣载运租。谢镇西经船行,其夜清风朗月,闻江渚间估客船上有咏诗声,甚有情致,所诵五言,又其所未尝闻,叹美不能已。即遣委曲讯问,乃是袁自咏其所作咏史诗。因此相要,大相赏得。

从此袁宏名誉大盛,可见朗诵关系之大。此外《世说新语》里记着"吟啸""啸咏""讽咏""讽诵"的还很多,大概也都是在朗诵古人的或自己的作品罢。

这里最可注意的是所谓"洛下书生咏"或简称"洛生咏"。《晋书·谢安传》说:

安本能为洛下书生咏。有鼻疾,故其音浊。名流爱其咏而弗能及,或手掩鼻以效之。

《世说新语·轻诋》篇却记着:

人问顾长康:"何以不作洛生咏?"答曰:"何至作老婢声!"

刘孝标注:"洛下书生咏音重浊,故云'老婢声'。"所谓"重浊",似乎就是过分悲凉的意思。当时诵读的声调似乎以悲凉为主。王孝伯说"熟读《离骚》,便可称名士",王胡之在谢安坐上咏的也是《离骚》《九歌》,都是《楚辞》。当时诵读《楚辞》,大概还知道用楚声楚调,乐府曲调里也正有楚调。而楚声楚调向来是以悲凉为主的。当时的诵读大概受到和尚的梵诵或梵唱的影响很大,梵诵或梵唱主要的是长吟,就是所谓"咏"。《楚辞》本多长句,楚声楚调配合那长吟的梵调,相得益彰,更可以"咏"出悲凉的"情致"来。袁宏的咏史诗现存两首,第一首开始就是"周昌梗概臣"一句,"梗概"就是"慷慨","感慨";"慷慨悲歌"也是一种"书生本色"。沈约《宋书·谢灵运传》论

## 第四章
### 宁可枝头抱香死,何曾吹落北风中

所举的五言诗名句,钟嵘《诗品·序》里所举的五言诗名句和名篇,差不多都是些"慷慨悲歌"。《晋书》里还有一个故事。晋朝曹摅的《感旧》诗有"富贵他人合,贫贱亲戚离"两句。后来殷浩被废为老百姓,送他的心爱的外甥回朝,朗诵这两句,引起了身世之感,不觉泪下。这是悲凉的朗诵的确例。但是自己若是并无真实的悲哀,只去学时髦,捏着鼻子学那悲哀的"老婢声"的"洛生咏",那就过了分,那也就是赵宋以来所谓"酸"了。

唐朝韩愈有《八月十五夜赠张功曹》诗,开头是:

纤云四卷天无河,
清风吹空月舒波,
沙平水息声影绝,
一杯相属君当歌。

接着说:

君歌声酸辞且苦,
不能听终泪如雨。

君子如玉
亦如铁

接着就是那"酸"而"苦"的歌辞:

> 洞庭连天九疑高,
> 蛟龙出没猩鼯号。
> 十生九死到官所,
> 幽居默默如藏逃。
> 下床畏蛇食畏药,
> 海气湿蛰熏腥臊。
> 昨者州前槌大鼓,
> 嗣皇继圣登夔皋。
> 赦书一日行万里,
> 罪从大辟皆除死。
> 迁者追回流者还,
> 涤瑕荡垢朝清班。
> 州家申名使家抑,
> 坎坷只得移荆蛮。
> 判司卑官不堪说,
> 未免捶楚尘埃间。
> 同时辈流多上道,

## 第四章
### 宁可枝头抱香死,何曾吹落北风中

> 天路幽险难追攀!

张功曹是张署,和韩愈同被贬到边远的南方,顺宗即位。只奉命调到近一些的江陵做个小官儿,还不得回到长安去,因此有了这一番冤苦的话。这是张署的话,也是韩愈的话。但是诗里却接着说:

> 君歌且休听我歌,
> 我歌今与君殊科。

韩愈自己的歌只有三句:

> 一年明月今宵多,
> 人生由命非由他,
> 有酒不饮奈明何!

他说认命算了,还是喝酒赏月罢。这种达观其实只是苦情的伪装而已。前一段"歌"虽然辞苦声酸,倒是货真价实,并无过分之处,由那"声酸"知道吟诗的确有一种悲凉的声调,而所谓

君子如玉
亦如铁

"歌"其实只是讽咏。大概汉朝以来不像春秋时代一样,士大夫已经不会唱歌,他们大多数是书生出身,就用讽咏或吟诵来代替唱歌。他们——尤其是失意的书生——的苦情就发泄在这种吟诵或朗诵里。

战国以来,唱歌似乎就以悲哀为主,这反映着动乱的时代。《列子·汤问》篇记秦青"抚节悲歌,声振林木,响遏行云",又引秦青的话,说韩娥在齐国雍门地方"曼声哀哭,一里老幼悲愁垂涕相对,三日不食",后来又"曼声长歌,一里老幼,善跃抃舞,弗能自禁"。这里说韩娥虽然能唱悲哀的歌,也能唱快乐的歌,但是和秦青自己独擅悲歌的故事合看,就知道还是悲歌为主。再加上齐国杞梁的妻子哭倒了城的故事,就是现在还在流行的孟姜女哭倒长城的故事,悲歌更为动人,是显然的。

书生吟诵,声酸辞苦,正和悲歌一脉相传。但是声酸必须辞苦,辞苦又必须情苦;若是并无苦情,只有苦辞,甚至连苦辞也没有,只有那供人酸鼻的声调,那就过了分,不但不能动人,反要遭人嘲弄了。书生往往自命不凡,得意的自然有,却只是少数,失意的可太多了。所以总是叹老嗟卑,长歌当哭,哭丧着脸一副可怜相。朱子在《楚辞辩证》里说汉人那些模仿的作品"诗意平缓,意不深切,如无所疾痛而强为呻吟者"。"无所疾痛而强为呻吟"就

## 第四章
### 宁可枝头抱香死，何曾吹落北风中

是所谓"无病呻吟"。后来的叹老嗟卑也正是无病呻吟。有病呻吟是紧张的，可以得人同情，甚至叫人酸鼻，无病呻吟，病是装的，假的，呻吟也是装的，假的，假装可以酸鼻的呻吟，酸而不苦，像是丑角扮戏，自然只能逗人笑了。

苏东坡有《赠诗僧道通》的诗：

> 雄豪而妙苦而腴，
> 只有琴聪与蜜殊。
> 语带烟霞从古少，
> 气含蔬笋到公无。……

查慎行注引叶梦得《石林诗话》说：

> 近世僧学诗者极多，皆无超然自得之趣，往往掇拾摹仿士大夫所残弃，又自作一种体，格律尤俗，谓之"酸馅气"。子瞻……尝语人云，"颇解'蔬笋'语否？为无'酸馅气'也。"闻者无不失笑。

东坡说道通的诗没有"蔬笋"气，也就没有"酸馅气"，和尚

君子如玉
亦如铁

修苦行，吃素，没有油水，可能比书生更"寒"更"瘦"；一味反映这种生活的诗，好像酸了的菜馒头的馅儿，干酸，吃不得，闻也闻不得，东坡好像是说，苦不妨苦，只要"苦而腴"，有点儿油水，就不至于那么扑鼻酸了。这酸气的"酸"还是从"声酸"来的。而所谓"书生气味酸"该就是指的这种"酸馅气"。和尚虽苦，出家人原可"超然自得"，却要学吟诗，就染上书生的酸气了。书生失意的固然多，可是叹老嗟卑的未必真的穷苦到他们嗟叹的那地步；倒是"常得无事"，就是"有闲"，有闲就无聊，无聊就作成他们的"无病呻吟"了。宋初西昆体的领袖杨亿讥笑杜甫是"村夫子"，大概就是嫌他叹老嗟卑的太多。但是杜甫"窃比稷与契"，嗟叹的其实是天下之大，决不止于自己的鸡虫得失。杨亿是个得意的人，未免忘其所以，才说出这样不公道的话。可是像陈师道的诗，叹老嗟卑，吟来吟去，只关一己，的确叫人腻味。这就落了套子，落了套子就不免有些"无病呻吟"，也就是有些"酸"了。

道学的兴起表示书生的地位加高，责任加重，他们更其自命不凡了，自嗟自叹也更多了。就是眼光如豆的真正的"村夫子"或"三家村学究"，也要哼哼唧唧的在人面前卖弄那背得的几句死书，来嗟叹一切，好搭起自己的读书人的空架子。鲁迅先生笔

## 第四章
### 宁可枝头抱香死，何曾吹落北风中

下的"孔乙己"，似乎是个更破落的读书人，然而"他对人说话，总是满口之乎者也，教人半懂不懂的"。人家说他偷书，他却争辩着，"窃书不能算偷……窃书！……读书人的事，能算偷么？""接连便是难懂的话，什么'君子固穷'，什么'者乎'之类，引得众人都哄笑起来"。孩子们看着他的茴香豆的碟子。

孔乙己着了慌，伸开五指将碟子罩住，弯下腰去说道，"不多了，我已经不多了。"直起身又看一看豆，自己摇头说，"不多不多！多乎哉？不多也。"于是这一群孩子都在笑声里走散了。

破落到这个地步，却还只能"满口之乎者也"，和现实的人民隔得老远的，"酸"到这地步真是可笑又可怜了。"书生本色"虽然有时是可敬的，然而他的酸气总是可笑又可怜的。最足以表现这种酸气的典型，似乎是戏台上的文小生，尤其是昆曲里的文小生，那哼哼唧唧、扭扭捏捏、摇摇摆摆的调调儿，真够"酸"的！这种典型自然不免夸张些，可是许差不离儿罢。

向来说"寒酸""穷酸"，似乎酸气老聚在失意的书生身上。得意之后，见多识广，加上"一行作吏，此事便废"，那时就会不再执着在书上,至少不至于过分的执着在书上,那"酸气味"是可以多多少少"洗"掉的。而失意的书生也并非都有酸气。他们可以看得开些,所谓达观,但是达观也不易,往往只是伪装。他们可以看远大些,"梗概而多气"是雄风豪气,不是酸气。至于近代的知识分子,让时代逼得不能读死书或死读书,因此也就不再执着那些古书。文言渐渐改了白话,吟诵用不上了;代替吟诵的是又分又合的朗诵和唱歌。最重要的是他们看清楚了自己,自己是在人民之中,不能再自命不凡了。他们虽然还有些闲,可是要"常得无事"却也不易。他们渐渐丢了那空架子,脚踏实地向前走去。早些时还不免带着感伤的气氛,自爱自怜,一把眼泪一把鼻涕的;这也算是酸气,虽然念诵的不是古书而是洋书。可是这几年时代逼得更紧了,大家只得抹干了鼻涕眼泪走上前去。这才真是"洗尽书生气味酸"了。

1947年11月15日作。

(1947年11月29日《世纪评论》第2卷第22期)

第四章
宁可枝头抱香死,何曾吹落北风中

## 我之节烈观 / 鲁迅

"世道浇漓,人心日下,国将不国"这一类话,本是中国历来的叹声。不过时代不同,则所谓"日下"的事情,也有迁变:从前指的是甲事,现在叹的或是乙事。除了"进呈御览"的东西不敢妄说外,其余的文章议论里,一向就带这口吻。因为如此叹息,不但针砭世人,还可以从"日下"之中,除去自己。所以君子固然相对慨叹,连杀人放火嫖妓骗钱以及一切鬼混的人,也都乘作恶余暇,摇着头说道,"他们人心日下了。"

世风人心这件事,不但鼓吹坏事,可以"日下";即使未曾鼓吹,只是旁观,只是赏玩,只是叹息,也可以叫他"日下"。所以近一年来,居然也有几个不肯徒托空言的人,叹息一番之后,还要想法子来挽救。第一个是康有为,指手画脚的说"虚君共和"才好,陈独秀便斥他不兴;其次是一班灵学派的人,不知何以起了极古奥的思想,要请"孟圣矣乎"的鬼来画策;陈百年钱玄同刘半农又道他胡说。这几篇驳论,都是《新青年》里最可寒心的文章。时候已是二十世纪了;人类眼前,早已闪出曙光。假如《新青年》里,有一篇和别人辩地球方圆的文字,读者见了,怕一定要发怔。然而现今所辩,正和说地体不方相差无几。将时代和事实,对照起来,怎能不教人寒心而且害怕?

近来虚君共和是不提了,灵学似乎还在那里捣鬼,此时却又有一群人,不能满足;仍然摇头说道,"人心日下"了。于是又想出一种挽救的方法;他们叫作"表彰节烈"!

这类妙法,自从君政复古时代以来,上上下下,已经提倡多年;此刻不过是竖起旗帜的时候。文章议论里,也照例时常出现,都嚷道"表彰节烈"!要不说这件事,也不能将自己提拔,出于"人心日下"之中。

节烈这两个字,从前也算是男子的美德,所以有过"节士""烈士"的名称。然而现在的"表彰节烈",却是专指女子,并无男子在内。据时下道德家的意见,来定界说,大约节是丈夫死了,决不再嫁,也不私奔,丈夫死得愈早,家里愈穷,他便节得愈好。烈

## 第四章
### 宁可枝头抱香死,何曾吹落北风中

可是有两种:一种是无论已嫁未嫁,只要丈夫死了,他也跟着自尽;一种是有强暴来污辱他的时候,设法自戕,或者抗拒被杀,都无不可。这也是死得愈惨愈苦,他便烈得愈好,倘若不及抵御,竟受了污辱,然后自戕,便免不了议论。万一幸而遇着宽厚的道德家,有时也可以略迹原情,许他一个烈字。可是文人学士,已经不甚愿意替他作传;就令勉强动笔,临了也不免加上几个"惜夫惜夫"了。

总而言之:女子死了丈夫,便守着,或者死掉;遇了强暴,便死掉;将这类人物,称赞一通,世道人心便好,中国便得救了。大意只是如此。

康有为借重皇帝的虚名,灵学家全靠着鬼话。这表彰节烈,却是全权都在人民,大有渐进自力之意了。然而我仍有几个疑问,须得提出。还要据我的意见,给他解答。我又认定这节烈救世说,是多数国民的意思;主张的人,只是喉舌。虽然是他发声,却和四支五官神经内脏,都有关系。所以我这疑问和解答,便是提出于这群多数国民之前。

首先的疑问是:不节烈(中国称不守节作"失节",不烈却并无成语,所以只能合称他"不节烈")的女子如何害了国家?照现在的情形,"国将不国",自不消说:丧尽良心的事故,层出不穷；刀兵盗贼水旱饥荒，又接连而起。但此等现象，只是不讲新道德新学问的缘故，行为思想，全钞旧帐；所以种种黑暗，竟和古代的乱世仿佛，况且政界军界学界商界等等里面，全是男人，并无不节烈的女子夹杂在内。也未必是有权力的男子，因为受了他们蛊惑，这才丧了良心，放手作恶。至于水旱饥荒，便是专拜龙神，迎大王，滥伐森林，不修水利的祸祟，没有新知识的结果；更与女子无关。只有刀兵盗贼，往往造出许多不节烈的妇女。但也是兵盗在先，不节烈在后，并非因为他们不节烈了，才将刀兵盗贼招来。

其次的疑问是：何以救世的责任，全在女子？照着旧派说起来，女子是"阴类"，是主内的，是男子的附属品。然则治世救国，正须责成阳类，全仗外子，偏劳主体。决不能将一个绝大题目，都阁在阴类肩上。倘依新说，则男女平等，义务略同。纵令该担责任，也只得分担。其余的一半男子，都该各尽义务。不特须除去强暴，还应发挥他自己的美德。不能专靠惩劝女子，便算尽了天职。

其次的疑问是：表彰之后，有何效果？据节烈为本，将所有活着的女子，分类起来，大约不外三种：一种是已经守节，应该表彰的人（烈者非死不可，所以除出）；一种是不节烈的人；一种是尚未出嫁，或丈夫还在，又未遇见强暴，节烈与否未可知的人。第

## 第四章
### 宁可枝头抱香死,何曾吹落北风中

一种已经很好,正蒙表彰,不必说了。第二种已经不好,中国从来不许忏悔,女子做事一错,补过无及,只好任其羞杀,也不值得说了。最要紧的,只在第三种,现在一经感化,他们便都打定主意道:"倘若将来丈夫死了,决不再嫁;遇着强暴,赶紧自裁!"试问如此立意,与中国男子做主的世道人心,有何关系?这个缘故,已在上文说明。更有附带的疑问是:节烈的人,既经表彰,自是品格最高。但圣贤虽人人可学,此事却有所不能。假如第三种的人,虽然立志极高,万一丈夫长寿,天下太平,他便只好饮恨吞声,做一世次等的人物。

以上是单依旧日的常识,略加研究,便已发见了许多矛盾。若略带二十世纪气息,便又有两层:

一问节烈是否道德?道德这事,必须普遍,人人应做,人人能行,又于自他两利,才有存在的价值。现在所谓节烈,不特除开男子,绝不相干;就是女子,也不能全体都遇着这名誉的机会。所以决不能认为道德,当作法式。上回《新青年》登出的《贞操论》里,已经说过理由。不过贞是丈夫还在,节是男子已死的区别,道理却可类推。只有烈的一件事,尤为奇怪,还须略加研究。

照上文的节烈分类法看来,烈的第一种,其实也只是守节,不过生死不同。因为道德家分类,根据全在死活,所以归入烈类。性

君子如玉
亦如铁

质全异的,便是第二种。这类人不过一个弱者(现在的情形,女子还是弱者),突然遇着男性的暴徒,父兄丈夫力不能救,左邻右舍也不帮忙,于是他就死了;或者竟受了辱,仍然死了;或者终于没有死。久而久之,父兄丈夫邻舍,夹着文人学士以及道德家,便渐渐聚集,既不羞自己怯弱无能,也不提暴徒如何惩办,只是七口八嘴,议论他死了没有?受污没有?死了如何好,活着如何不好。于是造出了许多光荣的烈女,和许多被人口诛笔伐的不烈女。只要平心一想,便觉不像人间应有的事情,何况说是道德。

二问多妻主义的男子,有无表彰节烈的资格?替以前的道德家说话,一定是理应表彰。因为凡是男子,便有点与众不同,社会上只配有他的意思。一面又靠着阴阳内外的古典,在女子面前逞能。然而一到现在,人类的眼里,不免见到光明,晓得阴阳内外之说,荒谬绝伦;就令如此,也证不出阳比阴尊贵,外比内崇高的道理。况且社会国家,又非单是男子造成。所以只好相信真理,说是一律平等。既然平等,男女便都有一律应守的契约。男子决不能将自己不守的事,向女子特别要求。若是买卖欺骗贡献的婚姻,则要求生时的贞操,尚且毫无理由。何况多妻主义的男子,来表彰女子的节烈。

以上,疑问和解答都完了。理由如此支离,何以直到现今,居

## 第四章
### 宁可枝头抱香死，何曾吹落北风中

然还能存在？要对付这问题，须先看节烈这事，何以发生，何以通行，何以不生改革的缘故。

古代的社会，女子多当作男人的物品。或杀或吃，都无不可；男人死后，和他喜欢的宝贝，日用的兵器，一同殉葬，更无不可。后来殉葬的风气，渐渐改了，守节便也渐渐发生。但大抵因为寡妇是鬼妻，亡魂跟着，所以无人敢娶，并非要他不事二夫。这样风俗，现在的蛮人社会里还有。中国太古的情形，现在已无从详考。但看周末虽有殉葬，并非专用女人，嫁否也任便，并无什么裁制，便可知道脱离了这宗习俗，为日已久。由汉至唐也并没有鼓吹节烈。直到宋朝，那一班"业儒"的才说出"饿死事小失节事大"的话，看见历史上"重适"两个字，便大惊小怪起来。出于真心，还是故意，现在却无从推测。其时也正是"人心日下，国将不国"的时候，全国士民，多不像样。或者"业儒"的人，想借女人守节的话，来鞭策男子，也不一定。但旁敲侧击，方法本嫌鬼祟，其意也太难分明，后来因此多了几个节妇，虽未可知，然而吏民将卒，却仍然无所感动。于是"开化最早，道德第一"的中国终于归了"长生天气力里大福荫护助里"的什么"薛禅皇帝，完泽笃皇帝，曲律皇帝"了。此后皇帝换过了几家，守节思想倒反发达。皇帝要臣子尽忠，男人便愈要女人守节。到了清朝，儒者真是愈加利害。看见唐人文章里有公主改嫁的话，也不免勃然大怒道："这是什么事！你竟不为尊者讳，这还了得！"假使这唐人还活着，一定要斥革功名，"以正人心而端风俗"了。

国民将到被征服的地位，守节盛了；烈女也从此着重。因为女子既是男子所有，自己死了，不该嫁人，自己活着，自然更不许被夺。然而自己是被征服的国民，没有力量保护，没有勇气反抗了，只好别出心裁，鼓吹女人自杀。或者妻女极多的阔人，婢妾成行的富翁，乱离时候，照顾不到，一遇"逆兵"（或是"天兵"），就无法可想。只得救了自己，请别人都做烈女；变成烈女，"逆兵"便不要了。他便待事定以后，慢慢回来，称赞几句。好在男子再娶，又是天经地义，别讨女人，便都完事。因此世上遂有了"双烈合传""七姬墓志"，甚而至于钱谦益的集中，也布满了"赵节妇""钱烈女"的传记和歌颂。

只有自己不顾别人的民情，又是女应守节男子却可多妻的社会，造出如此畸形道德，而且日见精密苛酷，本也毫不足怪。但主张的是男子，上当的是女子。女子本身，何以毫无异言呢？原来"妇者服也"，理应服事于人。教育固可不必，连开口也都犯法。他的精神，也同他体质一样，成了畸形。所以对于这畸形道德，实在无甚意见。就令有了异议，也没有发表的机会。做几首

## 第四章
### 宁可枝头抱香死,何曾吹落北风中

"闺中望月""园里看花"的诗,尚且怕男子骂他怀春,何况竟敢破坏这"天地间的正气"?只有说部书上,记载过几个女人,因为境遇上不愿守节,据做书的人说:可是他再嫁以后,便被前夫的鬼捉去,落了地狱;或者世人个个唾骂,做了乞丐,也竟求乞无门,终于惨苦不堪而死了!

如此情形,女子便非"服也"不可。然而男子一面,何以也不主张真理,只是一味敷衍呢?汉朝以后,言论的机关,都被"业儒"的垄断了。宋元以来,尤其利害。我们几乎看不见一部非业儒的书,听不到一句非士人的话。除了和尚道士,奉旨可以说话的以外,其余"异端"的声音,决不能出他卧房一步。况且世人大抵受了"儒者柔也"的影响;不述而作,最为犯忌。即使有人见到,也不肯用性命来换真理。即如失节一事,岂不知道必须男女两性,才能实现。他却专责女性;至于破人节操的男子,以及造成不烈的暴徒,便都含糊过去。男子究竟较女性难惹,惩罚也比表彰为难。其间虽有过几个男人,实觉于心不安,说些室女不应守志殉死的平和话,可是社会不听;再说下去,便要不容,与失节的女人一样看待。他便也只好变了"柔也",不再开口了。所以节烈这事,到现在不生变革。

(此时,我应声明:现在鼓吹节烈派的里面,我颇有知道的人。敢说确有好人在内,居心也好。可是救世的方法是不对,要向西走了北了。但也不能因为他是好人,便竟能从正西直走到北。所以我又愿他回转身来。)

其次还有疑问:

节烈难么?答道,很难。男子都知道极难,所以要表彰他。社会的公意,向来以为贞淫与否,全在女性。男子虽然诱惑了女人,却不负责任。譬如甲男引诱乙女,乙女不允,便是贞节,死了,便是烈;甲男并无恶名,社会可算淳古。倘若乙女允了,便是失节;甲男也无恶名,可是世风被乙女败坏了!别的事情,也是如此。所以历史上亡国败家的原因,每每归咎女子。糊糊涂涂的代担全体的罪恶,已经三千多年了。男子既然不负责任,又不能自己反省,自然放心诱惑;文人著作,反将他传为美谈。所以女子身旁,几乎布满了危险。除却他自己的父兄丈夫以外,便都带点诱惑的鬼气。所以我说很难。

节烈苦么?答道,很苦。男子都知道很苦,所以要表彰他。凡人都想活;烈是必死,不必说了。节妇还要活着。精神上的惨苦,也姑且弗论。单是生活一层,已是大宗的痛楚。假使女子生计已能独立,社会也知道互助,一人还可勉强生存。不幸中国情形,却正相反。所以有钱尚可,贫人便只能饿死。直到饿死以

## 第四章
### 宁可枝头抱香死,何曾吹落北风中

后,间或得了旌表,还要写入志书。所以各府各县志书传记类的末尾,也总有几卷"烈女"。一行一人,或是一行两人,赵钱孙李,可是从来无人翻读。就是一生崇拜节烈的道德大家,若问他贵县志书里烈女门的前十名是谁?也怕不能说出。其实他是生前死后,竟与社会漠不相关的。所以我说很苦。

照这样说,不节烈便不苦么?答道,也很苦。社会公意,不节烈的女人,既然是下品;他在这社会里,是容不住的。社会上多数古人模模糊糊传下来的道理,实在无理可讲;能用历史和数目的力量,挤死不合意的人。这一类无主名无意识的杀人团里,古来不晓得死了多少人物;节烈的女子,也就死在这里。不过他死后间有一回表彰,写入志书。不节烈的人,便生前也要受随便什么人的唾骂,无主名的虐待。所以我说也很苦。

女子自己愿意节烈么?答道,不愿。人类总有一种理想,一种希望。虽然高下不同,必须有个意义。自他两利固好,至少也得有益本身。节烈很难很苦,既不利人,又不利己。说是本人愿意,实在不合人情。所以假如遇着少年女人,诚心祝赞他将来节烈,一定发怒;或者还要受他父兄丈夫的尊拳。然而仍旧牢不可破,便是被这历史和数目的力量挤着。可是无论何人,都怕这节烈。怕他竟钉到自己和亲骨肉的身上。所以我说不愿。

我依据以上的事实和理由,要断定节烈这事是:极难,极苦,不愿身受,然而不利自他,无益社会国家,于人生将来又毫无意义的行为,现在已经失了存在的生命和价值。

临了还有一层疑问:

节烈这事,现代既然失了存在的生命和价值;节烈的女人,岂非白苦一番么?可以答他说:还有哀悼的价值。他们是可怜人;不幸上了历史和数目的无意识的圈套,做了无主名的牺牲。可以开一个追悼大会。

我们追悼了过去的人,还要发愿:要自己和别人,都纯洁聪明勇猛向上。要除去虚伪的脸谱。要除去世上害己害人的昏迷和强暴。

我们追悼了过去的人,还要发愿:要除去于人生毫无意义的苦痛。要除去制造并赏玩别人苦痛的昏迷和强暴。

我们还要发愿:要人类都受正当的幸福。

一九一八年七月。

第四章
宁可枝头抱香死，何曾吹落北风中

## 航船中的文明 / 朱自清

第一次乘夜航船，从绍兴府桥到西兴渡口。

绍兴到西兴本有汽油船。我因急于来杭，又因年来逐逐于火车轮船之中，也想"回到"航船里，领略先代生活的异样的趣味；所以不顾亲戚们的坚留和劝说（他们说航船里是很苦的），毅然决然的于下午六时左右下了船。有了"物质文明"的汽油船，却又有"精神文明"的航船，使我们徘徊其间，左右顾而乐之，真是二十世纪中国人的幸福了！

航船中的乘客大都是小商人；两个军弁是例外。满船没有一个士大夫；我区区或者可充个数儿，——因为我曾读过几年书，又忝为大夫之后——但也是例外之例外！真的，那班士大夫到那里去了呢？这不消说得，都到了轮船里去了！士大夫虽也擎着大旗拥护精神文明，但千虑不免一失，竟为那物质文明的孙儿，满身洋油气的小顽意儿骗得定定的，忍心害理的撇了那老相好。于是航船虽然照常行驶，而光彩已减少许多！这确是一件可以慨叹的事；而"国粹将亡"的呼声，似也不是徒然的了。呜呼，是谁之咎欤？

既然来到这"精神文明"的航船里，正可将船里的精神文明考察一番，才不虚此一行。但从那里下手呢？这可有些为难，踌躇之间，恰好来了一个女人。——我说"来了"，仿佛亲眼看见，而孰知不然；我知道她"来了"，是在听见她尖锐的语音的时候。至于她的面貌，我至今还没有看见呢。这第一要怪我的近视眼，第二要怪那袭人的暮色，第三要怪——哼——要怪那"男女分坐"的精神文明了。女人坐在前面，男人坐在后面；那女人离我至少有两丈远，所以便不可见其脸了。且慢，这样左怪右怪，"其词若有憾焉"，你们或者猜想那女人怎样美呢。而孰知又大大的不然！我也曾"约略的"看来，都是乡下的黄面婆而已。至于尖锐的语音，那是少年的妇女所常有的，倒也不足为奇。然而这一次，那来了的女人的尖锐的语音竟致劳动区区的执笔者，却又另有缘故。在那语音里，表示出对于航船里精神文明的抗议；她说，"男人女人都是人！"她要坐到后面来，（因前面太挤，实无他故，合并声

## 第四章
### 宁可枝头抱香死,何曾吹落北风中

明,)而航船里的"规矩"是不许的。船家拦住她,她仗着她不是姑娘了,便老了脸皮,大着胆子,慢慢的说了那句话。她随即坐在原处,而"批评家"的议论繁然了。一个船家在船沿上走着,随便的说,"男人女人都是人,是的,不错。做秤钩的也是铁,做秤锤的也是铁,做铁锚的也是铁,都是铁呀!"这一段批评大约十分巧妙,说出诸位"批评家"所要说的,于是众喙都息,这便成了定论。至于那女人,事实上早已坐下了;"孤掌难鸣",或者她饱饫了诸位"批评家"的宏论,也不要鸣了罢。"是非之心",虽然"人皆有之",而撑船经商者流,对于名教之大防,竟能剖辨得这样"详明",也着实亏他们了。中国毕竟是礼义之邦,文明之古国呀!——我悔不该乱怪那"男女分坐"的精神文明了!

"祸不单行",凑巧又来了一个女人。她是带着男人来的。——呀,带着男人!正是;所以才"祸不单行"呀!——说得满口好绍兴的杭州话,在黑暗里隐隐露着一张白脸;带着五六分城市气。船家照他们的"规矩",要将这一对儿生刺刺的分开;男人不好意思做声,女的却抢着说,"我们是'一堆生'的!"太亲热的字眼,竟在"规规矩矩的"航船里说了!于是船家命令的嚷道:"我们有我们的规矩,不管你'一堆生'不'一堆生'的!"大家都微笑了。有的沉吟的说:"一堆生的?"有的惊奇的说："一'堆'生的！"有的嘲讽的说："哼，一堆生的！"在这四面楚歌里，凭你怎样伶牙俐齿，也只得服从了！"妇者，服也"，这原是她的本行呀。只看她毫不置辩，毫不懊恼，还是若无其事的和人攀谈，便知她确乎是"服也"了。这不能不感谢船家和乘客诸公"卫道"之功；而论功行赏，船家尤当首屈一指。呜呼，可以风矣！

在黑暗里征服了两个女人，这正是我们的光荣；而航船中的精神文明，也粲然可见了——于是乎书。

1924年5月3日作。

（原载《踪迹》，上海亚东图书馆1924年12月出版）

第四章
宁可枝头抱香死,何曾吹落北风中

## 憎 / 朱自清

我生平怕看见干笑,听见敷衍的话;更怕冰搁着的脸和冷淡的言词,看了,听了,心里便会发抖。至于惨酷的伴笑,强烈的揶揄,那简直要我全身都痉挛般掣动了。在一般看惯、听惯、老于世故的前辈们,这些原都是家常便饭,很用不着大惊小怪地去张扬;但如我这样一个阅历未深的人,神经自然容易激动些,又痴心渴望着爱与和平,所以便不免有些变态。平常人可以随随便便过去的,我不幸竟是不能;因此增加了好些苦恼,减却了好些生力。——这真所谓自作孽了!

前月我走过北火车站附近。马路上横躺着一个人:微侧着拳曲的身子。脸被一破芦苇遮了,不曾看见;穿着黑布夹袄,垢腻的淡

君子如玉
亦如铁

青的衬里,从一处处不规则地显露,白斜纹的单袴,受了尘秽底沾染,早已变成灰色;双足是赤着,脚底满涂着泥土,脚面满积着尘垢,皮上却绉着网一般的细纹,映在太阳里,闪闪有光。这显然是一个劳动者底尸体了。一个不相干的人死了,原是极平凡的事;况是一个不相干又不相干的劳动者呢?所以围着看的虽有十余人,却都好奇地睁着眼,脸上的筋肉也都冷静而弛缓。我给周遭的冷淡噤住了;但因为我的老脾气,终于茫漠地想着:他的一生是完了;但于他曾有什么价值呢?他的死,自然,不自然呢?上海像他这样人,知道有多少?像他这样死的,知道一日里又有多少?再推到全世界呢?……这不免引起我对于人类运命的一种杞忧了!但是思想忽然转向,何以那些看闲的,于这一个同伴底死如此冷淡呢?倘然死的是他们的兄弟,朋友,或相识者,他们将必哀哭切齿,至少也必惊惶;这个不识者,在他们却是无关得失的,所以便漠然了?但是,果然无关得失么?"叫天子一声叫",尚能"撕去我一缕神经",一个同伴悲惨的死,果然无关得失么?一人生在世,倘只有极少极少的所谓得失相关者顾念着,岂不是太孤寂又太狭隘了么?狭隘,孤寂的人间,哪里有善良的生活!唉!我不愿再往下想了!

这便是遍满现世间的漠视了。我有一个中学同班的同学。他在

## 第四章
### 宁可枝头抱香死，何曾吹落北风中

高等学校毕了业；今年恰巧和我同事。我们有四五年不见面，不通信了；相见时我很高兴，滔滔汩汩地向他说知别后的情形；称呼他的号，和在中学时一样。他只支持着同样的微笑听着。听完了，仍旧支持那微笑，只用极简单的话说明他中学毕业后的事，又称了我几声先生。我起初不曾留意，陡然发见那干涸的微笑，心里先有些怯了；接着便是那机器榨出来的几句话和敬而远之的一声声的"先生"，我全身都不自在起来；热烈的想望早冰结在心坎里！可是到底鼓勇说了这一句话："请不要这样称呼罢；我们是同班的同学哩！"他却笑着不理会，只含糊应了一回；另一个"先生"早又从他嘴里送出了！我再不能开口，只蜷缩在椅子里，眼望着他。他觉得有些奇怪，起身，鞠躬，告辞。我点了头，让他走了。这时羞愧充满在我心里；世界上有什么东西在我身上，使人弃我如敝屣呢？

约莫两星期前，我从大马路搭电车到车站。半路上上来一个魁梧奇伟的华捕。他背着手直挺挺的靠在电车中间的转动机上。穿着青布制服，戴着红缨凉帽，蓝的绑腿，黑的厚重的皮鞋：这都和他别的同伴一样。另有他的一张粗黑的盾形的脸，在那脸上表现出他自己的特色。在那脸，嘴上是抿了，两眼直看着前面，筋肉像浓霜后的大地一般冷重；一切有这样地严肃，我几乎疑惑那是黑

君子如玉
亦如铁

的石像哩!从他上车,我端详了好久,总不见那脸上有一丝的颤动;我忽然感到一种压迫的感觉,仿佛有人用一条厚棉被连头夹脑紧紧地捆了我一般,呼吸便渐渐地低迫促了。那时电车停了;再开的时候,从车后匆匆跑来一个贫妇。伊有褴褛的古旧的浑沌色的竹布长褂和袴;跑时只是用两只小脚向前挣扎,蓬蓬的黄发纵横地飘拂着;瘦黑多皱襞的脸上,闪烁着两个热望的眼珠,嘴唇不住地开合——自然是喘息了。伊大概有紧要的事,想搭乘电车。来得慢了,捏捉着车上的铁柱。早又被他从伊手里滑去;于是伊只有踉踉跄跄退下了!这时那位华捕忽然出我意外,赫然地笑了;他看着拙笨的伊,叫道:"哦——呵!"他颊上,眼旁,霜浓的筋肉都开始显出匀称的皱纹;两眼细而润泽,不似先前的枯燥;嘴是裂开了,露出两个灿灿的金牙和一色洁白的大齿;他身体的姿势似乎也因此变动了些。他的笑虽然暂时地将我从冷漠里解放;但一刹那间,空虚之感又使我几乎要被身份的大气压扁!因为从那笑底貌和声里,我锋利地感着一切的骄傲,狡猾,侮辱,残忍;只要有"爱底心","和平底光芒"的,谁底全部神经能不被痉挛般掣动着呢?

这便是遍满现世间的蔑视了。我今年春间,不自量力,去任某校教务主任。同事们多是我的熟人,但我于他们,却几乎是个完全

## 第四章
### 宁可枝头抱香死，何曾吹落北风中

的生人；我遍尝漠视和膜视底滋味，感到莫名的孤寂！那时第一难事是拟订日课表。因了师生们关系底复杂，校长交来三十余条件；经验缺乏、脑筋简单的我，真是无所措手足！挣揣了五六天工夫，好容易勉强凑成了。却有一位在别校兼课的，资望深重的先生，因为有几天午后的第一课和别校午前的第四课衔接，两校相距太远，又要回家吃饭，有些赶不及，便大不满意。他这兼课情形，我本不知，校长先生底条件里，也未开入；课表中不能顾到，似乎也情有可原。但这位先生向来是面若冰霜，气如虹盛；他的字典里大约是没有"恕"字的，于是挑战底信来了，说什么"既难枵腹，又无汽车；如何设法，还希见告"！我当时受了这意外的，滥发的，冷酷的讽刺，极为难受；正是满肚皮冤枉，没申诉处，我并未曾有一些开罪于他，他却为何待我如仇敌呢？我便写一信复他，自己略略辩解；对于他的态度，表示十分的遗憾：我说若以他的失当的谴责，便该不理这事，可是因为向学校的责任，我终于给他设法了。他接信后，"上诉"于校长先生。校长先生请我去和他对质。狡黠的复仇的微笑在他脸上，正和有毒的菌类显着光怪陆离的彩色一般。他极力说得慢些，说低些："为什么说'便该不理'呢？课表岂是'钦定'的么？——若说态度，该怎样啊！许要用'请愿'罢？"这里每一个字便像一把利剑，缓缓地，但是深深地,刺入我心里!——他完全胜利,脸上换了愉快的微笑,侮蔑地看着默了的我,我不能再支持,立刻辞了职回去。

这便是遍满现世间的敌视了。

第四章
宁可枝头抱香死,何曾吹落北风中

## 白种人——上帝的骄子! /朱自清

去年暑假到上海,在一路电车的头等里,见一个大西洋人带着一个小西洋人,相并地坐着。我不能确说他俩是英国人或美国人;我只猜他们是父与子。那小西洋人,那白种的孩子,不过十一二岁光景,看去是个可爱的小孩,引我久长的注意。他戴着平顶硬草帽,帽檐下端正地露着长圆的小脸。白中透红的面颊,眼睛上有着金黄的长睫毛,显出和平与秀美。我向来有种癖气:见了有趣的小孩,总想和他亲热,做好同伴;若不能亲热,便随时亲近亲近也好。在高等小学时,附设的初等里,有一个养着乌黑的西发的刘君,真是依人的小鸟一般;牵着他的手问他的话时,他只静静地微仰着头,小声儿回答——我不常看见他的笑容,他的脸

君子如玉
亦如铁

老是那么幽静和真诚，皮下却烧着亲热的火把。我屡次让他到我家来，他总不肯；后来两年不见，他便死了。我不能忘记他！我牵过他的小手，又摸过他的圆下巴。但若遇着蓦生的小孩，我自然不能这么做，那可有些窘了；不过也不要紧，我可用我的眼睛看他——一回，两回，十回，几十回！孩子大概不很注意人的眼睛，所以尽可自由地看，和看女人要遮遮掩掩的不同。我凝视过许多初会面的孩子，他们都不曾向我抗议；至多拉着同在的母亲的手，或倚着她的膝头，将眼看她两看罢了。所以我胆子很大。这回在电车里又发了老癖气，我两次三番地看那白种的孩子，小西洋人！

初时他不注意或者不理会我，让我自由地看他。但看了不几回，那父亲站起来了，儿子也站起来了，他们将到站了。这时意外的事来了。那小西洋人本坐在我的对面；走近我时，突然将脸尽力地伸过来了，两只蓝眼睛大大地睁着，那好看的睫毛已看不见了；两颊的红也已褪了不少了。和平、秀美的脸一变而为粗俗、凶恶的脸了！他的眼睛里有话："咄！黄种人，黄种的支那人，你——你看吧！你配看我！"他已失了天真的稚气，脸上满布着横秋的老气了！我因此宁愿称他为"小西洋人"。他伸着脸向我足有

## 第四章
### 宁可枝头抱香死,何曾吹落北风中

两秒钟;电车停了,这才胜利地掉过头,牵着那大西洋人的手走了。大西洋人比儿子似乎要高出一半;这时正注目窗外,不曾看见下面的事。儿子也不去告诉他,只独断独行地伸他的脸;伸了脸之后,便又若无其事的,始终不发一言——在沉默中得着胜利,凯旋而去。不用说,这在我自然是一种袭击,"出其不意,攻其不备"的袭击!

这突然的袭击使我张皇失措;我的心空虚了,四面的压迫很严重,使我呼吸不能自由。我曾在N城的一座桥上,遇见一个女人;我偶然地看她时,她却垂下了长长的黑睫毛,露出老练和鄙夷的神色。那时我也感着压迫和空虚,但比起这一次,就稀薄多了:我在那小西洋人两颗枪弹似的眼光之下,茫然地觉着有被吞食的危险,于是身子不知不觉地缩小——大有在奇境中的阿丽思的劲儿!我木木然目送那父与子下了电车,在马路上开步走;那小西洋人竟未一回头,断然地去了。我这时有了迫切的国家之感!我做着黄种的中国人,而现在还是白种人的世界,他们的骄傲与践踏当然会来的;我所以张皇失措而觉着恐怖者,因为那骄傲我的,践踏我的,不是别人,只是一个十来岁的"白种的"孩子,竟是一个十来岁的白种的"孩子"!我向来总觉得孩子应该是世界的,不应该是一种,一

> 君子如玉
> 亦如铁

国,一乡,一家的。我因此不能容忍中国的孩子叫西洋人为"洋鬼子"。但这个十来岁的白种的孩子,竟已被揿入人种与国家的两种定型里了。他已懂得凭着人种的优势和国家的强力,伸着脸袭击我了。这一次袭击实是许多次袭击的小影,他的脸上便缩印着一部中国的外交史。他之来上海,或无多日,或已长久,耳濡目染,他的父亲,亲长,先生,父执,乃至同国,同种,都以骄傲践踏对付中国人;而他的读物也推波助澜,将中国编排得一无是处,以长他自己的威风。所以他向我伸脸,决非偶然而已。

这是袭击,也是侮蔑,大大的侮蔑!我因了自尊,一面感着空虚,一面却又感着愤怒;于是有了迫切的国家之念。我要诅咒这小小的人!但我立刻恐怖起来了:这到底只是十来岁的孩子呢,却已被传统所埋葬;我们所日夜想望着的"赤子之心",世界之世界(非某种人的世界,更非某国人的世界!),眼见得在正来的一代,还是毫无信息的!这是你的损失,我的损失,他的损失,世界的损失;虽然是怎样渺小的一个孩子!但这孩子却也有可敬的地方:他的从容,他的沉默,他的独断独行,他的一去不回头,都是力的表现,都是强者适者的表现。决不婆婆妈妈的,决不粘粘搭搭的,一针见血,一刀两断,这正是白种人之所以为白种人。

## 第四章
### 宁可枝头抱香死,何曾吹落北风中

我真是一个矛盾的人。无论如何,我们最要紧的还是看看自己,看看自己的孩子!谁也是上帝之骄子;这和昔日的王侯将相一样,是没有种的!

1925年6月19日夜。

(原载1925年7月5日《文学周报》第180期)

## 第五章
# 君子量不极,胸吞百川流

我现在常常想我们还得戒律自己:
我们若想别人容忍谅解我们的见解,
我们必须先养成
能够容忍谅解别人的见解的度量。
至少我们应该戒约自己
决不可"以吾辈所主张者为绝对之是"。

第五章
君子量不极,胸吞百川流

## 容忍与自由 / 胡适

十七八年前,我最后一次会见我的母校康耐儿(即康奈尔)大学的史学大师布尔先生(George Lincoln Burr)。我们谈到英国史学大师阿克顿(Lord Acton)一生准备要著作一部《自由之史》,没有写成他就死了。布尔先生那天谈话很多,有一句话我至今没有忘记。他说,"我年纪越大,越感觉到容忍(Tolerance)比自由更重要。"

布尔先生死了十多年了,他这句话我越想越觉得是一句不可磨灭的格言。我自己也有"年纪越大,越觉得容忍比自由还更重要"的感想。有时我竟觉得容忍是一切自由的根本:没有容忍,就没有自由。

我十七岁的时候（1908）曾在《竞业旬报》上发表几条《无鬼丛话》，其中有一条是痛骂小说《西游记》和《封神榜》的，我说：

《王制》有之："假于鬼神时日卜筮以疑众，杀。"吾独怪夫数千年来之排治权者，之以济世明道自期者，乃懵然不之注意，惑世诬民之学说得以大行，遂举我神州民族投诸极黑暗之世界！

这是一个小孩子很不容忍的"卫道"态度。我在那时候已是一个无鬼论者、无神论者，所以发出那种摧除迷信的狂论，要实行《王制》（《礼记》的一篇）的"假于鬼神时日卜筮以疑众，杀"的一条经典！

我在那时候当然没有梦想到说这话的小孩子在十五年后（1923）会很热心地给《西游记》作两万字的考证！我在那时候当然更没有想到那个小孩子在二三十年后还时时留心搜求可以考证《封神榜》的作者的材料！我在那时候也完全没有想想《王制》那句话的历史意义。那一段《王制》的全文是这样的：

第五章
君子量不极，胸吞百川流

析言破律，乱名改作，执左道以乱政，杀。作淫声异服奇技奇器以疑众，杀。行伪而坚，言伪而辩，学非而博，顺非而泽以疑众，杀。假于鬼神时日卜筮以疑众，杀。此四诛者，不以听。

我在五十年前，完全没有懂得这一段话的"诛"正是中国专制政体之下禁止新思想、新学术、新信仰、新艺术的经典的根据。我在那时候抱着"破除迷信"的热心，所以拥护那"四诛"之中的第四诛："假于鬼神时日卜筮以疑众，杀。"我当时完全没有梦到第四诛的"假于鬼神……以疑众"和第一诛的"执左道以乱政"的两条罪名都可以用来摧残宗教信仰的自由。我当时也完全没有注意到郑玄注里用了公输般作"奇技异器"的例子；更没有注意到孔颖达《正义》里举了"孔子为鲁司寇七日而诛少正卯"的例子来解释"行伪而坚，言伪而辩，学非而博，顺非而泽以疑众，杀"。故第二诛可以用来禁绝艺术创作的自由，也可以用来"杀"许多发明"奇技异器"的科学家。故第三诛可以用来摧残思想的自由，言论的自由，著作出版的自由。

我在五十年前引用《王制》第四诛，要"杀"《西游记》《封神榜》的作者。那时候我当然没有想到十年之后我在北京大学教书时就有一些同样"卫道"的正人君子也想引用《王制》的第三诛,要"杀"我和我的朋友们。当年我要"杀"人,后来人要"杀"我,动机是一样的:都只因为动了一点正义的火气,就都失掉容忍的度量了。

我自己叙述五十年前主张"假于鬼神时日卜筮以疑众,杀"的故事,为的是要说明我年纪越大,越觉得"容忍"比"自由"还更重要。

我到今天还是一个无神论者,我不信有一个有意志的神,我也不信灵魂不朽的说法。

我自己总觉得,这个国家,这个社会,这个世界,绝大多数人是信神的,居然能有这雅量,能容忍我的无神论,能容忍我这个不信神也不信灵魂不灭的人,能容忍我在国内和国外自由发表我的无神论的思想,从没有人因此用石头掷我,把我关在监狱里,或把我捆在柴堆上用火烧死。我在这个世界里居然享受了四十多年的容忍与自由。我觉得这个国家,这个社会,这个世界对我的容忍度量是可爱的,是可以感激的。

所以我自己总觉得我应该用容忍的态度来报答社会对我的容忍。所以我自己不信神,但我能诚心地谅解一切信神的人,也能诚心地容忍并且敬重一切信仰有神的宗教。

## 第五章
### 君子量不极，胸吞百川流

我要用容忍的态度来报答社会对我的容忍，因为我年纪越大，我越觉得容忍的重要意义。若社会没有这点容忍的气度，我决不能享受四十多年大胆怀疑的自由，公开主张无神论的自由。

在宗教自由史上，在思想自由史上，在政治自由史上，我们都可以看见容忍的态度是最难得、最稀有的态度。人类的习惯总是喜同而恶异的，总不喜欢和自己不同的信仰、思想、行为。这就是不容忍的根源。不容忍只是不能容忍和我自己不同的新思想和新信仰。一个宗教团体总相信自己的宗教信仰是对的，是不会错的，所以它总相信那些和自己不同的宗教信仰必定是错的，必定是异端，邪教。一个政治团体总相信自己的政治主张是对的，是不会错的，所以它总相信那些和自己不同的政治见解必定是错的，必定是敌人。

一切对异端的迫害，一切对"异己"的摧残，一切宗教自由的禁止，一切思想言论的被压迫，都由于这一点深信自己是不会错的心理。因为深信自己是不会错的，所以不能容忍任何和自己不同的思想信仰了。

试看欧洲的宗教革新运动的历史。马丁·路德（Martin Luther）和约翰·高尔文（Jean Calvin）（今译"约翰·加尔文"）等人起来革新宗教，本来是因为他们不满意于罗马旧教的种种不容忍，种种不自由。但是新教在中欧、北欧胜利之后，新教的领袖们又都渐渐走上了不容忍的路上去，也不容许别人起来批评他们的新教条。高尔文在日内瓦掌握了宗教大权，居然会把一个敢独立思想，敢批评高尔文的教条的学者塞维图斯（Servetus）定了"异端邪说"的罪名，把他用铁链锁在木桩上，堆起柴来，慢慢地活烧死。这是一五五三年十月二十三日的事。

这个殉道者塞维图斯的惨史，最值得人们的追念和反省。宗教革新运动原来的目标是要争取"基督教的人的自由"和"良心的自由"。何以高尔文和他的信徒们居然会把一位独立思想的新教徒用慢慢的火烧死呢？何以高尔文的门徒（后来继任高尔文为日内瓦的宗教独裁者）柏时（deBeze）竟会宣言"良心的自由是魔鬼的教条"呢？

基本的原因还是那一点深信我自己是"不会错的"的心理。像高尔文那样虔诚的宗教改革家，他自己深信他的良心确是代表上帝的命令，他的口和他的笔确是代表上帝的意志，那么他的意见还会错吗？他还有错误的可能吗？在塞维图斯被烧死之后，高尔文曾受到不少人的批评。一五五四年，高尔文发表一篇文字为他自己辩护，他毫不迟疑地说："严厉惩治邪说者的权威是无可疑的，因为这就是上帝自己说话。……这工作是为上帝的光荣战斗。"

## 第五章
### 君子量不极，胸吞百川流

上帝自己说话，还会错吗？为上帝的光荣作战，还会错吗？这一点"我不会错"的心理，就是一切不容忍的根苗。深信我自己的信念没有错误的可能（infallible），我的意见就是"正义"，反对我的人当然都是"邪说"了。我的意见代表上帝的意旨，反对我的人的意见当然都是"魔鬼的教条"了。

这是宗教自由史给我们的教训：容忍是一切自由的根本；没有容忍"异己"的雅量，就不会承认"异己"的宗教信仰可以享受自由。但因为不容忍的态度是基于"我的信念不会错"的心理习惯，所以容忍"异己"是最难得，最不容易养成的雅量。

在政治思想上，在社会问题的讨论上，我们同样地感觉到不容忍是常见的，而容忍总是很稀有的。我试举一个死了的老朋友的故事作例子。四十多年前，我们在《新青年》杂志上开始提倡白话文学的运动，我曾从美国寄信给陈独秀，我说：

> 此事之是非，非一朝一夕所能定，亦非一二人所能定。甚愿国中人士能平心静气与吾辈同力研究此问题。讨论既熟，是非自明。吾辈已张革命之旗，虽不容退缩，然亦决不敢以吾辈所主张为必是而不容他人之匡正也。

君子如玉
亦如铁

独秀在《新青年》上答我道：

鄙意容纳异议，自由讨论，固为学术发达之原则，独于改良中国文学当以白话为正宗之说，其是非甚明，必不容反对者有讨论之余地；必以吾辈所主张者为绝对之是，而不容他人之匡正也。……

我当时看了就觉得这是很武断的态度。现在在四十多年之后，我还忘不了独秀这一句话，我还觉得这种"必以吾辈所主张者为绝对之是"的态度是很不容忍的态度，是最容易引起别人的恶感，是最容易引起反对的。

我曾说过，我应该用容忍的态度来报答社会对我的容忍。我现在常常想我们还得戒律自己：我们若想别人容忍谅解我们的见解，我们必须先养成能够容忍谅解别人的见解的度量。至少我们应该戒约自己决不可"以吾辈所主张者为绝对之是"。我们受过实验主义的训练的人，本来就不承认有"绝对之是"，更不可以"以吾辈所主张者为绝对之是"。

第五章
君子量不极，胸吞百川流

## 非个人主义的新生活 / 胡适

这个题目是我在山东道上想着的，后来曾在天津学生联合会的学术讲演会讲过一次，又在唐山的学术讲演会讲过一次。唐山的演讲稿由一位刘赞清君记出，登在一月十五日《时事新报》上。我这一篇的大意是对于新村的运动贡献一点批评。这种批评是否合理，我也不敢说。但是我自信这一篇文字是研究考虑的结果，并不是根据于先有的成见的。

本篇有两层意思：一是表示我不赞成现在一般有志青年所提倡，我所认为"个人主义的"新生活。一是提出我所主张的"非个人主义的"新生活。就是"社会的"新生活。

先说什么叫做"个人主义"（Individualism）。一月二日夜

（就是我在天津讲演前一晚），杜威博士在天津青年会讲演《真的与假的个人主义》，他说，个人主义有两种：

一、假的个人主义——就是为我主义（Egoism），他的性质是自私自利：只顾自己的利益，不管群众的利益。

二、真的个人主义——就是个性主义（Individuality），他的特性有两种：一是独立思想，不肯把别人的耳朵当耳朵，不肯把别人的眼睛当眼睛，不肯把别人的脑力当自己的脑力；二是个人对于自己思想信仰的结果要负完全责任，不怕权威，不怕监禁杀身，只认得真理，不认得个人的利害。

杜威先生极力反对前一种假的个人主义，主张后一种真的个人主义。这是我们都赞成的。但是他反对的那种自私自利的个人主义的害处，是大家都明白的。因为人多明白这种主义的害处，故他的危险究竟不很大。例如东方现在实行这种极端为我主义的"财主督军"，无论他们眼前怎样横行，究竟逃不了公论的怨恨，究竟不会受多数有志青年的崇拜。所以我们可以说这种主义的危险是很有限的。但是我觉得"个人主义"还有第三派，是很受人崇敬的，是格外危险的。这一派是：

## 第五章
### 君子量不极，胸吞百川流

三、独善的个人主义——他的共同性质是：不满意于现社会，却又无可如何，只想跳出这个社会去寻一种超出现社会的理想生活。

这个定义含有两部分：一、承认这个现社会是没有法子挽救的了；二、要想在现社会之外另寻一种独善的理想生活。自有人类以来，这种个人主义的表现也不知有多少次了。简括说来，共有四种：

（一）宗教家的极乐国。如佛家的净土，犹太人的伊丁园（即伊甸园），别种宗教的天堂、天国，都属于这一派。这种理想的原起，都由于对现社会不满意。因为厌恶现社会，故悬想那些无量寿、无量光的净土；不识不知、完全天趣的伊丁园；只有快乐、毫无痛苦的天国。这种极乐国里所没有的，都是他们所厌恨的；有的，都是他们所梦想而不能得到的。

（二）神仙生活。神仙的生活也是一种悬想的超出现社会的生活。人世有疾病痛苦，神仙无病长生；人世愚昧无知，神仙能知过去未来；人生不自由，神仙乘云邀游，来去自由。

（三）山林隐逸的生活。前两种是完全出世的；他们的理想生活是悬想的、渺茫的出世生活。山林隐逸的生活虽然不是完全出世的，也是不满意于现社会的表示。他们不满意于当时的社会政治，却又无能为力，只得隐姓埋名，逃出这个恶浊社会去做他们自己理想中的生活。他们不能"得君行道"，故对于功名利禄，表示藐视的态度；他们痛恨富贵的人骄奢淫逸，故说富贵如同天上的浮云，如同脚下的破草鞋。他们痛恨社会上有许多不耕而食、不劳而得的"吃白阶级"，故自己耕田锄地，自食其力。他们厌恶这污浊的社会，故实行他们理想中梅妻鹤子、渔蓑钓艇的洁净生活。

（四）近代的新村生活。近代的新村运动，如十九世纪法国、美国的理想农村，如现在日本日向的新村，照我的见解看起来，实在同山林隐逸的生活是根本相同的。那不同的地方，自然也有。山林隐逸是没有组织的，新村是有组织的；这是一种不同。隐遁的生活是同世事完全隔绝的，故有"不知有汉，遑论魏晋"的理想；现在的新村的人能有赏玩Rodin（罗丹）同Cézanne（塞尚）的幸福，还能在村外著书出报：这又是一种不同。但是这两种不同都是时代造成的，是偶然的，不是根本的区别。从根本性质上看来，新村的运动都是对于现社会不满意的表示。即如日向的新村，他们对于现在"少数人在多数人的不幸上，筑起自己的幸福"的社会制度，表示不满意，自然是公认的事实。周作人先生说日向新村里有人把中国看作"最自然，最自在的国"。这是他们对于日本政制极

## 第五章
### 君子量不极，胸吞百川流

不满意的一种牢骚话，很可玩味的。武者小路实笃先生一般人虽然极不满意于现社会，却又不赞成用"暴力"的改革。他们都是"真心仰慕着平和"的人。他们于无可如何之中，想出这个新村的计划来。周作人先生说："新村的理想，要将历来非暴力不能做到的事，用和平方法得来。"这个和平方法就是离开现社会，去做一种模范的生活。"只要万人真希望这种的世界，这世界便能实现。"这句话不但是独善主义的精义，简直全是净土宗的口气了！所以我把新村来比山林隐逸，不算冤枉他；就是把他来比求净土天国的宗教运动，也不算玷辱他。不过他们的"净土"是在日向，不在西天罢了。

我这篇文章要批评的"个人主义的新生活"，就是指这一种跳出现社会的新村生活。这种生活，我认为是"独善的个人主义"的一种。"独善"两个字是从孟轲"穷则独善其身"一句话上来的。有人说：新村的根本主张是要人人"尽了对于人类的义务，却又完全发展自己个性"；如此看来，他们既承认"对于人类的义务"，如何还是独善的个人主义呢。我说：这正是个人主义的证据。试看古今来主张个人主义的思想家，从希腊的"狗派"（Cynic）以至十八九世纪的个人主义，那一个不是一方面崇拜个人，一方面崇拜那广漠的"人类"的？主张个人主义的人，只是否认那些切近的伦谊，——或是家族，或是"社会"，或是国家，——但是因为要推翻这些比较狭小逼人的伦谊，不得不捧出那广漠不逼人的"人类"。所以凡是个人主义的思想家，没有一个不承认这个双重关系的。

新村的人主张"完全发展自己个性"，故是一种个人主义。他们要想跳出现社会去发展自己个性，故是一种独善的个人主义。

这种新村的运动，因为恰合现在青年不满意于现社会的心理，故近来中国也有许多人欢迎、赞叹、崇拜。我也是敬仰武者先生一班人的，故也曾仔细考究这个问题。我考究的结果是不赞成这种运动。我以为中国的有志青年不应该仿行这种个人主义的新生活。

这种新村的运动有什么可以反对的地方呢？

第一，因为这种生活是避世的，是避开现社会的。这就是让步。这便不是奋斗。我们自然不应该提倡"暴力"，但是非暴力的奋斗是不可少的。我并不是说武者先生一班人没有奋斗的精神。他们在日本能提倡反对暴力的论调，——如《一个青年的梦》——自然是有奋斗精神的。但是他们的新村计划想避开现社会里"奋斗的生活"，去寻那现社会外"生活的奋斗"，这便是一大让步。武者先生的《一个青年的梦》里的主人翁最后有几句话，很可玩味。他说：

## 第五章
### 君子量不极,胸吞百川流

>……请宽恕我的无力。——宽恕我的话的无力。但我心里所有的对于美丽的国的仰慕,却要请诸君体察的。……

我们对于日向的新村应该作如此观察。

第二,在古代,这种独善主义还有存在的理由;在现代,我们就不该崇拜他了。古代的人不知道个人有多大的势力,故孟轲说:"穷则独善其身,达则兼善天下。"古人总想,改良社会是"达"了以后的事业,——是得君行道以后的事业;故承认个人——穷的个人——只能做独善的事业,不配做兼善的事业。古人错了。现在我们承认个人有许多事业可做。人人都是一个无冠的帝王,人人都可以做一些改良社会的事。去年的"五四运动"和"六三运动",何尝是"得君行道"的人做出来的?知道个人可以做事,知道有组织的个人更可以做事,便可以知道这种个人主义的独善生活是不值得模仿的了。

第三,他们所信仰的"泛劳动主义"是很不经济的。他们主张:"一个人生存上必要的衣食住,论理应该用自己的力去得来,不该要别人代负这责任。"这话从消极一方面看,——从反对那"游民贵族"的方面看,——自然是有理的。但是从他们的积极实行方面看,他们要"人人尽劳动的义务,制造这生活的资料"，——就是衣食住的资料，——这便是"矫枉过正"了。人人要尽制造衣食住的资料的义务，就是人人要加入这生活的奋斗。（周作人先生再三说新村里平和幸福的空气，也许不承认"生活的奋斗"的话；但是我说的，并不是人同人争面包米饭的奋斗，乃是人在自然界谋生存的奋斗；周先生说新村的农作物至今还不够自用，便是一证。）现在文化进步的趋势，是要使人类渐渐减轻生活的奋斗至最低度，使人类能多分一些精力出来，做增加生活意味的事业。新村的生活使人人都要尽"制造衣食住的资料"的义务，根本上否认分工进化的道理，增加生活的奋斗，是很不经济的。

第四，这种独善的个人主义的根本观念就是周先生说的"改造社会，还要从改造个人做起"。我对于这个观念，根本上不能承认。这个观念的根本错误在于把"改造个人"与"改造社会"分作两截；在于把个人看作一个可以提到社会外去改造的东西。要知道个人是社会上种种势力的结果。我们吃的饭，穿的衣服，说的话，呼吸的空气，写的字，有的思想，……没有一件不是社会的。我曾有几句诗，说："……此身非吾有：一半属父母，一半属朋友。"当时我以为把一半的我归功社会，总算很慷慨了。后来我才知道这点算学做错了！父母给我的真是极少的一部分。其余各种极重要的部分，如思想、信仰、知识、技术、习惯，等等，大都是

## 第五章
### 君子量不极，胸吞百川流

社会给我的。我穿线袜的法子是一个徽州同乡教我的；我穿皮鞋打的结能不散开，是一个美国女朋友教我的。这两件极细碎的例，很可以说明这个"我"是社会上无数势力所造成的。社会上的"良好分子"并不是生成的，也不是个人修炼成的，——都是因为造成他们的种种势力里面，良好的势力比不良的势力多些。反过来，不良的势力比良好的势力多，结果便是"恶劣分子"了。古代的社会哲学和政治哲学只为要妄想凭空改造个人，故主张正心、诚意、独善其身的办法，这种办法其实是没有办法，因为没有下手的地方。近代的人生哲学渐渐变了，渐渐打破了这种迷梦，渐渐觉悟：改造社会的下手方法在于改良那些造成社会的种种势力——制度、习惯、思想、教育，等等。那些势力改良了，人也改良了。所以我觉得"改造社会要从改造个人做起"还是脱不了旧思想的影响。我们的根本观念是：

个人是社会上无数势力造成的。

改造社会须从改造这些造成社会，造成个人的种种势力做起。

改造社会即是改造个人。

新村的运动如果真是建筑在"改造社会要从改造个人做起"一个观念上，我觉得那是根本错误了。改造个人也是要一点一滴的改造那些造成个人的种种社会势力。不站在这个社会里来做这种一点一滴的社会改造,却跳出这个社会去"完全发展自己个性",这便是放弃现社会,认为不能改造;这便是独善的个人主义。

以上说的是本篇的第一层意思。现在我且简单说明我所主张的"非个人主义的"新生活是什么。这种生活是一种"社会的新生活";是站在这个现社会里奋斗的生活;是霸占住这个社会来改造这个社会的新生活。他的根本观念有三条:

(1)社会是种种势力造成的,改造社会须要改造社会的种种势力。这种改造一定是零碎的改造,——一点一滴的改造,一尺一步的改造。无论你的志愿如何宏大,理想如何彻底,计划如何伟大,你总不能笼统的改造,你总不能不做这种"得寸进寸,得尺进尺"的工夫。所以我说:社会的改造是这种制度那种制度的改造,是这种思想那种思想的改造,是这个家庭那个家庭的改造,是这个学堂那个学堂的改造。

(2)因为要做一点一滴的改造,故有志做改造事业的人必须要时时刻刻存研究的态度,做切实的调查,下精细的考虑,提出大胆的假设,寻出实验的证明。这种新生活是研究的生活,是随时随地解决具体问题的生活。具体的问题多解决了一个,便是社会的改造进了那么多一步。做这种生活的人要睁开眼睛,公开心胸;要手足灵敏,耳目聪明,心思活泼;要欢迎事实,要不怕事实;要爱问

## 第五章
### 君子量不极，胸吞百川流

题，要不怕问题的逼人！

（3）这种生活是要奋斗的。那避世的独善主义是与人无忤，与世无争的，故不必奋斗。这种"淑世的"新生活，到处翻出不中听的事实，到处提出不中听的问题，自然是很讨人厌的，是一定要招起反对的。反对就是兴趣的表示，就是注意的表示。我们对于反对的旧势力，应该作正当的奋斗，不可退缩。我们的方针是：奋斗的结果，要使社会的旧势力不能不让我们；切不可先就偃旗息鼓退出现社会去，把这个社会双手让给旧势力。换句话说，应该使旧社会变成新社会，使旧村变为新村，使旧生活变为新生活。

我且举一个实际的例。英美近二三十年来，有一种运动，叫做"贫民区域居留地"（Social Settlements）的运动。这种运动的大意是：一班青年的男女，——大都是大学的毕业生，——在本城拣定一块极龌龊、极不堪的贫民区域，买一块地，造一所房屋。这班人便终日在这里面做事。这屋里，凡是物质文明所赐的生活需要品，——电灯、电话、热气、浴室、游水池、钢琴、话匣，等等，——无一不有。他们把附近的小孩子，——垢面的孩子，顽皮的孩子，——都招拢来，教他们游水，教他们读书，教他们打球，教他们演说辩论，组成音乐队，组成演剧团，教他们演戏奏艺。还有女医生和看护妇，天天出去访问贫家，替他们医病，帮他们接生

> 君子如玉
> 亦如铁

和看护产妇。病重的,由"居留地"的人送入公家医院。因为天下贫民都是最安本分的,他们眼见那高楼大屋的大医院心里以为这定是为有钱人家造的,决不是替贫民诊病的;所以必须有人打破他们这种见解,教他们知道医院不是专为富贵人家的。还有许多贫家的妇女每日早晨出门做工,家里小孩子无人看管,所以"居留地"的人教他们把小孩子每天寄在"居留地"里,有人替他们洗浴,换洗衣服,喂他们饮食,领他们游戏。到了晚上,他们的母亲回来了,各人把小孩领回去。这种小孩子从小就在洁净慈爱的环境里长大,渐渐养成了良好习惯,回到家中,自然会把从前的种种污秽的环境改了。家中的大人也因时时同这种新生活接触,渐渐的改良了。我在纽约时,曾常常去看亨利街上的一所居留地,是华德女士(Lilian Wald)办的。有一晚我去看那条街上的贫家子弟演戏,演的是贝里(Barry)(今译"巴里")的名剧。我至今回想起来,他们演戏的程度比我们大学的新戏高得多咧!

这种生活是我所说的"非个人主义的新生活"!是我所说的"变旧社会为新社会,变旧村为新村"的生活!这也不是用"暴力"去得来的!我希望中国的青年要做这一类的新生活,不要去模仿那跳出现社会的独善生活,我们的新村就在我们自己的旧村里!我们所要的新村是要我们自己的旧村变成的新村!

## 第五章
### 君子量不极，胸吞百川流

可爱的男女少年！我们的旧村里我们可做的事业多得很咧！村上的鸦片烟灯还有多少？村上的吗啡针害死了多少人？村上缠脚的女子还有多少？村上的学堂成个什么样子？村上的绅士今年卖选票得了多少钱？村上的神庙香火还是怎样兴旺？村上的医生断送了几百条人命？村上的煤矿工人每日只拿到五个铜子，你知道吗？村上多少女工被贫穷逼去卖淫，你知道吗？村上的工厂没有避火的铝梯，昨天火起，烧死了一百多人，你知道吗？村上的童养媳妇被婆婆打断了一条腿，村上的绅士逼他的女儿饿死做烈女，你知道吗？

有志求新生活的男女少年！我们有什么权利，丢开这许多的事业去做那避世的新村生活！我们放着这个恶浊的旧村，有什么面孔，有什么良心，去寻那"和平幸福"的新村生活！

君子如玉
亦如铁

# 论自己 /朱自清

翻开辞典，"自"字下排列着数目可观的成语，这些"自"字多指自己而言。这中间包括着一大堆哲学，一大堆道德，一大堆诗文和废话，一大堆人，一大堆我，一大堆悲喜剧。自己"真乃天下第一英雄好汉"，有这么些可说的，值得说值不得说的！难怪纽约电话公司研究电话里最常用的字，在五百次通话中会发现三千九百九十次的"我"。这"我"字便是自己称自己的声音，自己给自己的名儿。

自爱自怜！真是天下第一英雄好汉也难免的，何况区区寻常人！冷眼看去，也许只觉得那样自尊大狂妄得可笑；可是这只见了真理的一半儿。掉过脸儿来，自爱自怜确也有不得不自爱自怜

## 第五章
### 君子量不极，胸吞百川流

的。幼小时候有父母爱怜你，特别是有母亲爱怜你。到了长大成人，"娶了媳妇儿忘了娘"，娘这样看时就不必再爱怜你，至少不必再像当年那样爱怜你。——女的呢，"嫁出门的女儿，泼出门的水"；做母亲的虽然未必这样看，可是形格势禁而且鞭长莫及，就是爱怜得着，也只算找补点罢了。爱人该爱怜你？然而爱人们的嘴一例是甜蜜的，谁能说"你泥中有我，我泥中有你！"真有那么回事儿？赶到爱人变了太太，再生了孩子，你算成了家，太太得管家管孩子，更不能一心儿爱怜你。你有时候会病，"久病床前无孝子"，太太怕也够倦的，够烦的。住医院？好，假如有运气住到像当年北平协和医院样的医院里去，倒是比家里强得多。但是护士们看护你，是服务，是工作；也许夹上点儿爱怜在里头，那是"好生之德"，不是爱怜你，是爱怜"人类"。——你又不能老呆在家里，一离开家，怎么着也算"作客"；那时候更没有爱怜你的。可以有朋友招呼你；但朋友有朋友的事儿，那能教他将心常放在你身上？可以有属员或仆役伺候你，那——说得上是爱怜么？总而言之，天下第一爱怜自己的，只有自己；自爱自怜的道理就在这儿。

再说，"大丈夫不受人怜"。穷有穷干，苦有苦干；世界那么大，凭自己的身手，哪儿就打不开一条路？何必老是向人愁眉苦脸唉声叹气的！愁眉苦脸不顺耳，别人会来爱怜你？自己免不了伤心的事儿，咬紧牙关忍着，等些日子，等些年月，会平静下去的。说说也无妨，只别不拣时候不看地方老是向人叨叨，叨叨得谁也不耐烦的岔开你或者躲开你。也别怨天怨地将一大堆感叹的句子向人身上扔过去。你怨的是天地，倒碍不着别人，只怕别人奇怪你的火气怎么这样大。——自己也免不了吃别人的亏。值不得计较的，不做声吞下肚去。出入大的想法子复仇，力量不够，卧薪尝胆的准备着。可别这儿那儿尽嚷嚷——嚷嚷完了一扔开，倒便宜了那欺负你的人。"好汉胳膊折了往袖子里藏"，为的是不在人面前露怯相，要人爱怜这"苦人儿"似的，这是要强，不是装。说也怪，不受人怜的人倒是能得人怜的人；要强的人总是最能自爱自怜的人。

大丈夫也罢，小丈夫也罢，自己其实是渺乎其小的，整个儿人类只是一个小圆球上一些碳水化合物，像现代一位哲学家说的，别提一个人的自己了。庄子所谓马体一毛，其实还是放大了看的。英国有一家报纸登过一幅漫画，画着一个人，仿佛在一间铺子里，周遭陈列着从他身体里分析出来的各种原素，每种标明分量和价目，总数是五先令——那时合七元钱。现在物价涨了，怕要合国币一千元了罢？然而，个人的自己也就值区区这一千元儿！自己这般渺小，不自爱自怜着点又怎么着！然而，"顶天立地"的是自

## 第五章
## 君子量不极，胸吞百川流

己，"天地与我并生，万物与我为一"的也是自己；有你说这些大处只是好听的话语，好看的文句？你能愣说这样的自己没有！有这么的自己，岂不更值得自爱自怜的？再说自己的扩大，在一个寻常人的生活里也可见出。且先从小处看。小孩子就爱搜集各国的邮票，正是在扩大自己的世界。从前有人劝学世界语，说是可以和各国人通信。你觉得这话幼稚可笑？可是这未尝不是扩大自己的一个方向。再说这回抗战，许多人都走过了若干地方，增长了若干阅历。特别是青年人身上，你一眼就看出来，他们是和抗战前不同了，他们的自己扩大了。——这样看，自己的小，自己的大，自己的由小而大。在自己都是好的。

　　自己都觉得自己好，不错；可是自己的确也都爱好。做官的都爱做好官，不过往往只知道爱做自己家里人的好官，自己亲戚朋友的好官；这种好官往往是自己国家的贪官污吏。做盗贼的也都爱做好盗贼——好喽啰，好伙伴，好头儿，可都只在贼窝里。有大好，有小好，有好得这样坏。自己关闭在自己的丁点大的世界里，往往越爱好越坏。所以非扩大自己不可。但是扩大自己得一圈儿一圈儿的，得充实，得踏实。别像肥皂泡儿，一大就裂。"大丈夫能屈能伸"，该屈的得屈点儿，别只顾伸出自己去。也得估计自己的力量。力量不够的话，"人一能之，己百之，人十能之，己千之"；得寸是寸，得尺是尺。总之路是有的。看得远，想得开，把得稳；自己是世界的时代的一环，别脱了节才真算好。力量怎样微弱，可是是自己的。相信自己，靠自己，随时随地尽自己的一份儿往最好里做去，让自己活得有意思，一时一刻一分一秒都有意思。这么着，自爱自怜才真是有道理的。

1942年9月1日作。

（原载1942年11月15日《人世间》第1卷第2期）

第五章
君子量不极,胸吞百川流

## 论做作 / 朱自清

做作就是"佯",就是"乔",也就是"装"。苏北方言有"装佯"的话,"乔装"更是人人皆知。旧小说里女扮男装是乔装,那需要许多做作。难在装得像。只看坤角儿扮须生的,像的有几个?何况做戏还只在戏台上装,一到后台就可以照自己的样儿,而女扮男装却得成天儿到处那么看!侦探小说里的侦探也常在乔装,装得像也不易,可是自在得多。不过——难也罢,易也罢,人反正有时候得装。其实你细看,不但"有时候",人简直就爱点儿装。"三分模样七分装"是说女人,男人也短不了装,不过不大在模样上罢了。装得像难,装得可爱更难;一番努力往往只落得个"矫揉造作"!所以"装"常常不是一个好名儿。

君子如玉
亦如铁

    一个做好,一个做歹,小呢逼你出些码头钱,大呢就得让你去做那些不体面的尴尬事儿。这已成了老套子,随处可以看见。那做好的是装做好,那做歹的也装得格外歹些;一松一紧的拉住你,会弄得你啼笑皆非。这一套儿做作够受的。贫和富也可以装。贫寒人怕人小看他,家里尽管有一顿没一顿的,还得穿起好衣服在街上走,说话也满装着阔气,什么都不在乎似的。——所谓"苏空头"。其实"空头"也不止苏州有。——有钱人却又怕人家打他的主意,开口闭口说穷,他能特地去当点儿什么,拿当票给人家看。这都怪可怜见的。还有一些人,人面前老爱论诗文,谈学问,仿佛天生他一副雅骨头。装斯文其实不能算坏,只是未免"雅得这样俗"罢了。

    有能耐的人,有权位的人有时不免装模作样,装腔作势。马上可以答应的,却得考虑考虑;直接可以答应的,却让你绕上几个大弯儿。论地位也只是"上不在天,下不在田",而见客就不起身,只点点头儿,答话只喉咙里哼一两声儿。谁教你求他,他就是这么着!——笑骂由他笑骂,好官儿什么的我自为之!话说回来,拿身份,摆架子有时也并非全无道理。老爷太太在仆人面前打情骂俏,总不大像样,可不是得装着点儿?可是,得恰到分际,过

## 第五章
### 君子量不极，胸吞百川流

犹不及。总之别忘了自己是谁！别尽拣高枝爬，一失脚会摔下来的。老想着些自己，谁都装着点儿，也就不觉得谁在装。所谓装模做样，装腔作势。却是特别在装别人的模样，别人的腔和势！为了抬举自己，装别人；装不像别人，又不成其为自己，也怪可怜见的。

"不痴不聋，不作阿姑阿翁"，有些事大概还是装聋作哑的好。倒不是怕担责任，更不是存着什么坏心眼儿。有些事是阿姑阿翁该问的，值得问的，自然得问；有些是无需他们问的，或值不得他们问的，若不痴不聋，事必躬亲，阿姑阿翁会做不成，至少也会不成其为阿姑阿翁。记得那儿说过美国一家大公司经理，面前八个电话，每天忙累不堪，另一家经理，室内没有电话，倒是从容不迫的。这后一位经理该是能够装聋作哑的人。不闻不问，有时候该是一句好话；充耳不闻，闭目无睹，也许可以作"无为而治"的一个注脚。其实无为多半也是装出来的。至于装作不知，那更是现代政治家外交家的惯技，报纸上随时看得见。——他们却还得勾心斗角的做姿态，大概不装不成其为政治家外交家罢？

装欢笑，装悲泣，装嗔，装恨，装惊慌，装镇静，都很难；固然难在像，有时还难在不像而不失自然。小心陪笑也许能得当局的青睐,但是旁观者在恶心。可是强颜为欢,有心人却领会那欢颜里的一丝苦味。假意虚情的哭泣,像旧小说里娼妓向客人那样,尽管一把眼泪一把鼻涕的,也只能引起读者的微笑。——倒是那"忍泪佯低面",教人老大不忍。佯嗔薄怒是女人的作态,作得恰好是爱娇,所以《乔醋》是一折好戏。爱极翻成恨,尽管恨得人牙痒痒的,可是还不失为爱到极处。假意惊慌似乎是旧小说的常语,事实上那假意往往露出马脚。镇静更不易,秦舞阳心上有气脸就铁青,怎么也装不成,荆轲的事,一半儿败在他的脸上。淝水之战谢安装得够镇静的,可是不觉得意忘形摔折了屐齿。所以一个人喜怒不形于色,真够一辈子半辈子装的。

《乔醋》是戏,其实凡装,凡做作,多少都带点儿戏味——有喜剧,有悲剧。孩子们爱说假装这个,假装那个,戏味儿最厚。他们认真假装,可是悲喜一场,到头儿无所为。成人也都认真的装,戏味儿却淡薄得多;戏是无所为的,至少扮戏中人的可以说是无所为,而人们的做作常常是有所为的。所以戏台上装得像的多,人世间装得像的少。戏台上装得像就有叫好儿的,人世间即使装得像,逗人爱也难。逗人爱的大概是比较的少有所为或只消极的有所为的。前面那些例子,值得我们吟味,而装痴装傻也许是值得

## 第五章
### 君子量不极，胸吞百川流

重提的一个例子。

作阿姑阿翁得装几分痴，这装是消极的有所为；"金殿装疯"也有所为，就是积极的。历来才人名士和学者，往往带几分傻气。那傻气多少有点儿装，而从一方面看，那装似乎不大有所为，至多也只是消极的有所为。陶渊明的"我醉欲眠卿且去"说是率真，是自然；可是看魏晋人的行径，能说他不带着几分装？不过装得像，装得自然罢了。阮嗣宗大醉六十日，逃脱了和司马昭做亲家，可不也一半儿醉一半儿装？他正是喜怒不形于色的人，而有一向当时人多说他痴，他大概是颇能做作的罢？

装睡装醉都只是装糊涂。睡了自然不说话，醉了也多半不说话——就是说话，也尽可以装疯装傻的，给他个驴头不对马嘴。郑板桥最能懂得装糊涂，他那"难得糊涂"一个警句，真喝破了千古聪明人的秘密。还有善忘也往往是装傻，装糊涂；省麻烦最好自然是多忘记，而忘怀又正是一件雅事儿。至此为止，装傻，装糊涂似乎是能以逗人爱的；才人名士和学者之所以成为才人名士和学者，至少有几分就仗着他们那不大在乎的装劲儿能以逗人爱好。可是这些人也良莠不齐，魏晋名士颇有仗着装糊涂自私自利的。这就在乎了，有所为了，这就不再可爱了。在四川话里装糊涂称为

"装疯迷窍",北平话却带笑带骂的说装蒜,装孙子,可见民众是不大赏识这一套的——他们倒是下的稳着儿。

1942年10月31日~11月2日作。

（原载1943年1月15日《文学创作》第1卷第4期）